U0041203

成
語

成
語

漫畫
中國成語
6
全新修訂典藏版

生活筆記

一張圖畫紙

女兒小紅上個月底，從學校帶回來一張已經壓折了的圖畫紙，說是老師交代指定她畫的參賽作品，要畫的題目是「和諧社會」。

交給小紅這樣的任務，我想多少和她老爸是個漫畫家有關係吧！

小學一年級對於「和諧社會」能有多少理解呢？從女兒斷斷續續、背誦式的解釋語言裡，瞭解到老師已經給她做過功課了。

當小紅拿著畫紙、咧著小嘴對我笑的時候，我就知道這份沒有稿酬的工作是躲閃不掉了！

於是乎，職業本能反應地先用漫畫專業角度為她分析製作要領，並迅速提出可行方案，告訴她要先把主題裡的「表現重點」、「投入元素」和「主次關係」詳細分析一遍，並且虛擬演示應該怎麼擺會有層次感……

正講得口角冒泡，才發現小紅的眼睛很用力地瞪著我，彷彿是在說：「哇！天哪！老爸的和諧社會怎麼超複雜！」

為了表示不是她想像得那麼困難，於是乎，我隨手抄起筆，動手畫出一張草圖，這下子她的眼睛就瞪得更大了。

「哇！這麼困難，小孩子怎麼會畫呀？」

轟——！真是一語驚醒局中人。

對呀！我幹嘛這麼認真哪？

她只是一個七歲的小孩子，可能在她的腦海裡所謂的「和諧社會」，就是一群大人笑呵呵地牽著手，頭上有太陽、背景有小花，然後有幾隻蝴蝶在飛舞……

為什麼一定要把成年人的價值觀硬生生地套用在孩子們純真的童趣上呢？如果社會

上都能彼此尊重互相不同的想法，去努力完成能讓大家更幸福的生活，那就是「和諧社會」的真諦呀！

沒想到小紅的一張圖畫作業能帶來如此莫大的啟示！

可是……

兩週後，她依然沒有交圖給老師。

小紅說：「老爸的和諧社會太難畫了！」

（其實是她自己懶惰，又把罪名扣在我頭上，真是好心沒好報！）

目錄

生活筆記：一張圖畫紙 4

際遇篇

白駒過隙 11
雪泥鴻爪 12
衣錦還鄉 13
爭功諉過 14
一帆風順 15
披荊斬棘 16
一步登天 17
平步青雲 18
吉星高照 19
履險如夷 20
初試啼聲 21
青黃不接 22
待價而沽 23
急如星火 24
枯木逢春 25
迫在眉睫 26
峰迴路轉 27
躬逢其盛 28
飢不擇食 29
雪中送炭 30
當務之急 31
萬事俱備 只欠東風 32
節外生枝 33
圖窮匕見 34
一佛出世 二佛涅槃 35
水深火熱 36
英雄無用武之地 37
苟延殘喘 38
泥牛入海 39
逢凶化吉 40
禍不單行 41
一波三折 42
一波未平 一波又起 43
一場春夢 44
不經一事 不長一智 45
四海為家 46
白手成家 47
否極泰來 48
重見天日 49
風塵僕僕 50

德性篇

仙風道骨 52
瓜田李下 53
白圭之玷 54
年高德劭 55
老僧入定 56
唾面自乾 57
急流勇退 58
晨昏定省 59
烏龍教室：成語字謎1 60
虛懷若谷 62
韜光養晦 63
一本正經 64
水清無魚 65
冰清玉潔 66
高風亮節 67
羞與噲伍 68
寧為玉碎 不為瓦全 69
蘭質蕙心 70

舉止篇

若要人不知 除非己莫為 72
欲加之罪 何患無辭 73
不可救藥 74
不速之客 75
不敢越雷池一步 76
出乖露醜 77
半路出家 78
丟人現眼 79
丟三落四 80
夸父追日 81
呆若木雞 82
走馬看花 83
幸災樂禍 84
招搖過市 85
明知故問 86
削足適履 87
哄堂大笑 88
眉開眼笑 89
特立獨行 90
破涕為笑 91
笑逐顏開 92
張冠李戴 93
望梅止渴 94
畫餅充飢 95
欲蓋彌彰 96
閉門造車 97
魚目混珠 98
插科打諢 99
捶胸頓足 100
渾水摸魚 101
無的放矢 102
無理取鬧 103
畫蛇添足 104
捨本逐末 105

烏龍教室　成語字謎2：106
筋疲力盡 108
越俎代庖 109
惹事生非 110
飽食終日 111
對牛彈琴 112
熟能生巧 113
養虎貽患 114
鋌而走險 115
濫竽充數 116
螳臂擋車 117
蠢蠢欲動 118
鶯聲燕語 119
驚惶失措 120
躡手躡腳 121
一言九鼎 122
守口如瓶 123
完璧歸趙 124
約法三章 125
一鼓作氣 126
不入虎穴 焉得虎子 127
不甘示弱 128
中流砥柱 129
毛遂自薦 130
見義勇為 131
初生之犢不畏虎 132
赴湯蹈火 133
捨生取義 134
視死如歸 135
銳不可當 136
畏首畏尾 137
百折不撓 138
破釜沉舟 139
殺雞取卵 140
飲鴆止渴 141
十惡不赦 142
大逆不道 143
天誅地滅 144
引狼入室 145
毛手毛腳 146
烏龍教室　成語字謎3：147
令人髮指 149
吃裡扒外 150
衣冠禽獸 151
明知故犯 152
為虎作倀 153
乘人之危 154
借刀殺人 155
害群之馬 156
狼狽為奸 157
草菅人命 158
偷天換日 159
掩耳盜鈴 160
梁上君子 161
荼毒生靈 162
開門揖盜 163
順手牽羊 164
數典忘祖 165
橫行霸道 166
擢髮難數 167
馬耳東風 168
掉以輕心 169
上行下效 170
明查暗訪 171
普渡眾生 172
懸壺濟世 173
東施效顰 174
非驢非馬 175
鸚鵡學舌 176
一意孤行 177
小題大作 178
匹夫之勇 179
太歲頭上動土 180
生吞活剝 181
困獸猶鬥 182
壯士斷腕 183
呼天搶地 184
所向披靡 185
爭先恐後 186
飛蛾撲火 187
桀驁不馴 188
躍躍欲試 189
逐臭之夫 190
烏龍教室　成語字謎4：191
烏龍教室　總結模擬考：193

際遇篇

喜怒哀樂無常在，悲歡離合有時終。

胖師父您好！
啊！江大俠！

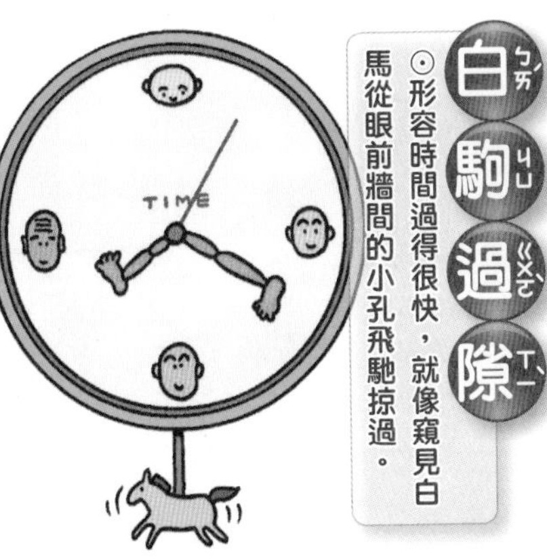
TIME

白ㄅㄞˊ駒ㄐㄩ過ㄍㄨㄛˋ隙ㄒㄧˋ

⊙形容時間過得很快，就像窺見白馬從眼前牆間的小孔飛馳掠過。

這是江小妹嗎？
長得亭亭玉立了！
真是白駒過隙呀！
幾年前還在吸奶嘴哪！

這位是江奶奶吧！
您保養得真好！
臭胖子！我是江太太！
十年前……
實在是白駒過隙！

出處

駒：少壯的馬。過：越過。隙：縫隙。比喻光陰飛逝，多用來形容人生短暫。語見《莊子・知北遊》：「人生天地之間，若白駒之過郤（隙），忽然而已。」

際遇篇

雪泥鴻爪
ㄒㄩㄝˇ ㄋㄧˊ ㄏㄨㄥˊ ㄓㄨㄚˇ
⊙用來比喻人生遭遇的偶然和無常。

後花園
人生到處漂泊，你我相聚有如「雪泥鴻爪」。

鴻鳥踏過泥濘的雪地？
不跟你好了！你說我的手像鳥爪！

妳誤會了！
這只是形容人生際遇無常的成語！
成語
我覺得用「鮮花插牛糞」來形容更恰當。
成語

出處

語出宋・蘇軾〈和子由澠池懷舊〉：「人生到處知何似，應是飛鴻踏雪泥。泥上偶然留指爪，鴻飛那復計東西。」蘇軾，字子瞻，宋眉山人，號東坡居士，是唐宋八大家之一，與父洵，弟轍並有文名，時稱為「三蘇」。

衣錦還鄉
⊙表示一個人在功成名就以後，很榮耀的返回家鄉。

老天保佑這次阿牛入京趕考能榜上有名。

娘，我回來了！
考得這麼快？
老天有眼，你果真衣錦還鄉啦！

衣錦榮歸怎麼還是穿草鞋呢？
我也正奇怪，撿到的包包裡就是缺了鞋子。

出處

語出《梁書・柳慶遠列傳》：「……高祖餞於新亭，謂曰：『衣錦還鄉，朕無西顧之憂矣。』」亦作「衣錦榮歸」「衣」音一丶，穿著。

爭ㄓㄥ功ㄍㄨㄥ諉ㄨㄟˇ過ㄍㄨㄛˋ
⊙形容在利害相關時，彼此爭奪功勞，而推卸過錯。
功
過
功

這台電腦做得真炫！
嘿！

造型是我設計的！
是我提供創意的！
怎麼這麼難打？真是爛機器！

鍵盤是他設計的！
是你說要這樣做的！
不要爭功諉過啦！
我只是說大哥大很難打！

出處

諉，音ㄨㄟˇ，推托、推卸之意。全句指在利害相關時，爭奪功勞，推卸罪過。語出《尚書・大禹謨》：「天下莫與女（汝）爭能，女惟不伐，天下莫能與女爭功。」

一帆風順 ㄧˋ ㄈㄢˊ ㄈㄥ ㄕㄨㄣˋ

⊙祝賀或形容一個人前途進展順利。

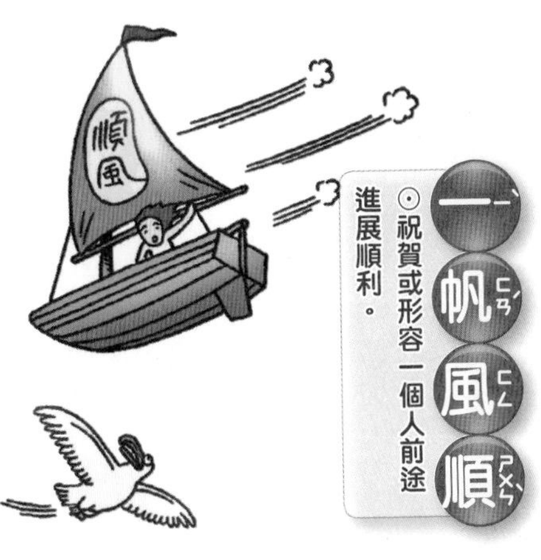
順風

我是賀詞大師。
寫祝賀詞要恰到好處。
墨汁

我要去歐洲求學。
祝你一帆風順。

我要開料理店。
祝你一爐火順。
一爐火順

我立志當漫畫家！
祝你一支筆順！

我要選立委。
祝你……一口水順。
一口水順
金牛
MONEY IS POWER

出處

比喻工作非常順利，沒有遇到任何挫折。也用來祝人旅途平安。語出宋・楊萬里〈曉出洪澤霜晴風順〉：「又從洪澤泝清淮，積雨連宵曉頓開。霜凍水涯如雪厚，波搖日影入船來。辛勤送客了未了，珍重順風催復催。明早都梁各分手，順風便借一帆回。」

披ㄆㄧ 荊ㄐㄧㄥ 斬ㄓㄢˇ 棘ㄐㄧˊ

⊙開墾荒地的艱辛，引申開創事業的困難。

小狗棒球隊披荊斬棘，終於成立了。

大家要珍惜這些得來不易的球具。
可是球場實在又小又爛。

輕輕一打球就不見了。
全體隊員披荊斬棘的來找球。

出處

荊棘，音ㄐㄧㄥ ㄐㄧˊ，是一種多刺的灌木。

語出《後漢書・馮岑賈列傳》：「是我起兵時主簿也。為吾披荊棘，定關中。」

一步登天
ㄧ ㄅㄨˋ ㄉㄥ ㄊㄧㄢ
⊙不經奮鬥和努力，就想享受名利。

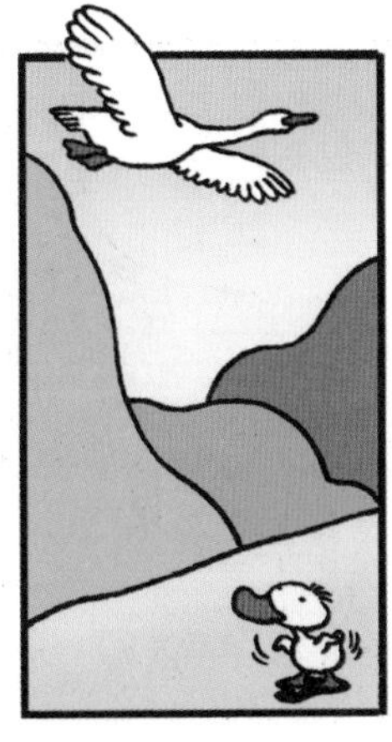

如果我能一夜成名就能成為大紅大紫的歌星！

年輕人要腳踏實地！不要妄想一步登天！
啊！沒中！
……

如果我中了特獎就可以買大房子……
老年人，不要妄想一步登天！
錄音帶
五卷100元

出處

登天，達到美好的境地。比喻一個人很輕易地躍上高位；或一件事未經努力，卻輕鬆完成。
語出清・徐珂《清稗類鈔》：「巡檢作巡撫，一步登天，監生當監臨，斯文掃地。」

平步青雲

⊙比喻一下子達到很高的地位。

帥
仕
俥
兵

恭喜宋將軍凱旋歸來。

20歲就做將軍！
真是平步青雲呀！
我師兄16歲就當元帥啦！

失敬失敬！
他是哪個部隊的元帥？

伐蠅大元帥
大師兄加油！

「平步」語出唐・白居易〈潯陽歲晚寄元八郎中庾三十二員外〉：「虛懷事僚友，平步取公卿。」「青雲」語出《史記・范雎蔡澤列傳・范雎》：「賈不意君能自致於青雲之上，賈不敢復讀天下之書，不敢復與天下之事。」

吉星高照

ㄐㄧˊ ㄒㄧㄥ ㄍㄠ ㄓㄠˋ

⊙形容運氣好，能躲過災難，凡事都順利。

阿照從小就有吉星高照的好運氣。
LUCK

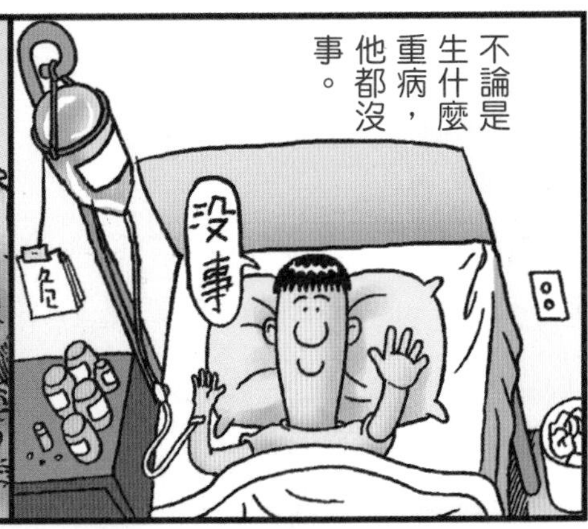
不論是生什麼重病，他都沒事。
沒事

任何大意外，他也都沒事。
沒事

活到兩百歲從十樓跳下來，他還是沒事。
沒事！

我不要吉星高照！我要活得自然點！
太吉利也不好吧！

出處

形容一個人運氣很好，能躲掉災難，做什麼事都順利通達。吉星：吉祥的星辰。

履險如夷

ㄌㄩˇ ㄒㄧㄢˇ ㄖㄨˊ ㄧˊ

⊙平平安安，沒事地度過危險。

阿胖搭的飛機墜毀啦！
太不幸了！

車子半途拋錨，沒趕上班機。
履險如夷，真是個福星。

阿胖的住宅失火了！這下子沒救了。
竟然在浴缸睡著了。

出處

履，音ㄌㄩˇ，踏。夷，音ㄧˊ，平。是說踏於危險之地，卻如走在平地一般輕易。用來比喻能夠安然度過險境。語出漢‧劉協《喻郭汜詔》：「今得東移，望遠若近，視險如夷。」

初試啼聲
ㄔㄨ ㄕˋ ㄊㄧˊ ㄕㄥ
⊙比喻一個人首次顯露才華、能力。

我聯考考上第一志願。

恭喜你，初試啼聲就金榜題名。
媽！我昨天也初試啼聲得了榜首。

你的考試成績吃了仙丹？
新進的電動玩具我打破十萬分。

出處

比喻一個人首次顯露才技，如鳥之初啼。

青ㄑㄧㄥ黃ㄏㄨㄤˊ不ㄅㄨˋ接ㄐㄧㄝ

⊙比喻舊的用完了，新的還未獲得，所以暫時匱乏。

我國空軍正面臨青黃不接的階段。

機齡老舊又無法購得新戰機。
發奮圖強，自行開發新機種。

經過三十年努力終於發展成功！
但是飛行員老化又面臨青黃不接的老問題。

出處

語出宋・歐陽修〈言青苗錢第二箚子〉：「以臣愚見，若夏料錢於春中俵散，猶是青黃不相接之時，雖不戶戶闕乏，然其間容有不濟者，以為惠政，尚有說焉。」青，指尚未能收成的新秧。黃，指舊穀。

待ㄉㄞˋ價ㄐㄧㄚˋ而ㄦˊ沽ㄍㄨ
⊙比喻等有好機會時，才去做事。
我很凶，待價而沽。
勤習武藝，才有「待價而沽」的身手。

我要苦練書法將來才有「待價而沽」的文才。
他們說的都很好，現在輪到你舉例了。

胖師父混身肥油「待價而沽」！
春蝕徒廉售出價就賣

語出《論語・子罕》：「子貢曰：『有美玉於斯，韞匵而藏諸？求善賈而沽諸？』子曰：『沽之哉！沽之哉！我得賈者也。』」朱注：「賈，音嫁。韞，藏也。匵，匱也。沽，賣也。」

急如星火

⊙比喻事情已急迫到極點，不得片刻緩慢

嗚

蜥老師快來呀！

大個掉到水塘裡啦！

急如星火！救人第一！

這麼淺？有那麼嚴重嗎？

他弄丟了我的一百元，當然嚴重囉！

出處

比喻事情非常緊急，一刻都不能再延緩了。和「燃眉之急」意思相同。星：流星。火：火燒，比喻急迫。語出晉・李密〈陳情表〉：「州司臨門，急於星火。」

BOOKOOT
失業了，前途茫茫！

枯木逢春

⊙比喻在苦難的生活中突然有令人欣喜的轉機。

啊！應徵工作入選了！
枯木逢春！
精神為之一振！

咦？這家公司好像不太景氣。
應徵工作人員
枯木貿易公司
我也正在期待第二春。

出處

語出敦煌變文《廬山遠公話》：「是日遠公由（猶）如臨崖枯木，再得逢春。」

迫ㄆㄛˋ在ㄗㄞˋ眉ㄇㄟˊ睫ㄐㄧㄝˊ
⊙形容事情已到了很迫切的時刻。
急

垃圾問題迫在眉睫，請市長快做決定。
蔬菓市市長辦公室

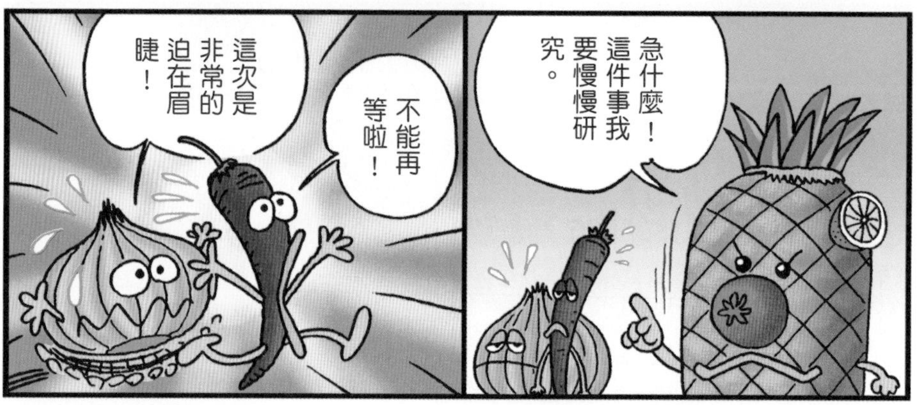
急什麼！這件事我要慢慢研究。
這次是非常的迫在眉睫！
不能再等啦！

好吧！我決定採用垃圾掩埋法。
請市長再慢慢的研究吧！
哇
哇

出處

眉，眉毛。睫，眼睫毛。
語出《莊子・庚桑楚》：「曰：向吾見若眉睫之間。」《列子・仲尼》：「遠在八荒之外，近在眉睫之內。」

峰ㄈㄥ 迴ㄏㄨㄟˊ 路ㄌㄨˋ 轉ㄓㄨㄢˇ

⊙事情經過一番曲折後，終於有了較好的遠景。

來城裡一直找不到工作，老哥你幫幫我吧！

我的好友正缺一位祕書。
祝妳峰迴路轉一切順利。

老妹，昨天的新工作還好嗎？
我和你的好友結婚了！
你們也轉得太快啦！

用以形容山路迂迴或比喻情節之曲折，而突然有了一個新的轉機。
歐陽修〈醉翁亭記〉：「峰迴路轉，有亭翼然，臨於泉上者，醉翁亭也。」

躬逢其盛（ㄍㄨㄥ ㄈㄥˊ ㄑㄧˊ ㄕㄥˋ）

⊙表示一個人親自參與了某一件重大的事情。

今天是職棒決賽，真高興能躬逢其盛。

反貓大遊行
打倒臭貓

嗨，我也是每場必到的。
哇！您真是標準球迷。
對職棒一定非常內行！

我連棒球規則都不懂。
我是球票黃牛。
不來躬逢其盛，要怎麼賺錢？

出處

躬，親自。盛，重大的事情。
語出《儒林外史》第四十一回：「這樣盛典，可惜來遲了，不得躬逢其盛。」

飢（ㄐㄧ）不（ㄅㄨˋ）擇（ㄗㄜˊ）食（ㄕˊ）
⊙形容在飢餓的時候，對食物不加挑剔。
被敵軍圍攻，糧盡援絕。

餓得連樹根都吃，真是飢不擇食。
受不了啦！我願投降提供情報！

只為了吃飽一餐而害了整個國家！
這就是「飢不擇食」叛徒的下場！
「殺雞儆猴」！

出處

典出《孟子・公孫丑上》：「飢者易為食，渴者易為飲。」
語見《五燈會元・神鼎洪諲禪師》：「問：『如何是和尚家風？』師曰：『飢不擇食。』」

雪中送炭

⊙在最困苦的時候，及時給予幫助。

為了創作，再窮苦也要為理想奮鬥！

大畫家，這碗牛肉麵請你吃。
房東太太雪中送炭，我太感激了。

我一定繼續努力不辜負妳的期望！
我就是欣賞你的才華，所以房租要漲一萬元。
EEEK

出處 語出唐・釋德行《四字經・甲乙》：「破扇停秋，雪裡送炭。」下雪天送炭給人取暖禦寒。

當ㄉㄤ務ㄨˋ之ㄓ急ㄐㄧˊ

⊙當前應該做的事之中，最急需辦的事。

119

當務之急，是要先征服蠻族！

哦！當務之急嗎？

先把鞋穿對再說吧！

嘻嘻咕咕咕咕嘻
諜
當務之急，先溜為妙！
諜

出處

語出《孟子・盡心上》：「知者，無不知也，當務之為急；仁者，無不愛也，急親賢之為務。」

萬事俱備，只欠東風

⊙什麼都準備好了，就只差最後一個重要條件。

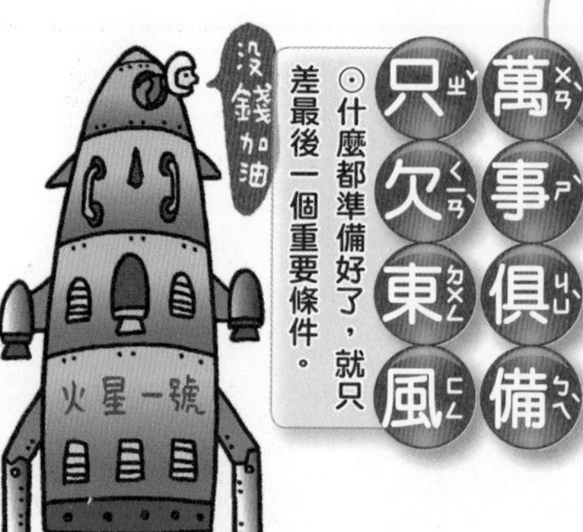
沒錢加油
火星一號

掃蕩蠻族已準備妥當！
萬事俱備，只欠東風。

將軍要的平安符拿到了！
征服中原。
萬事俱備，只欠東風。

元帥，這是您要的平安符！
太好了！
太好了！
同一家廟拿的，到底保佑誰？

出處

原指《三國演義》中的故事，諸葛亮和周瑜合謀用火攻擊曹操水軍，已做好一切準備，只等東風一颳，便可進攻。語出明・羅貫中《三國演義》第四十九回：「孔明索紙筆，屏退左右，密書十六字曰：欲破曹公，宜用火攻：萬事俱備，只欠東風。」比喻要處理一件事，其他條件都已經齊備，就差最後一個重要的條件。

節外生枝

⊙一件事情尚未解決，在其間，另一件事情又發生了。

KABOOM

KABOOM

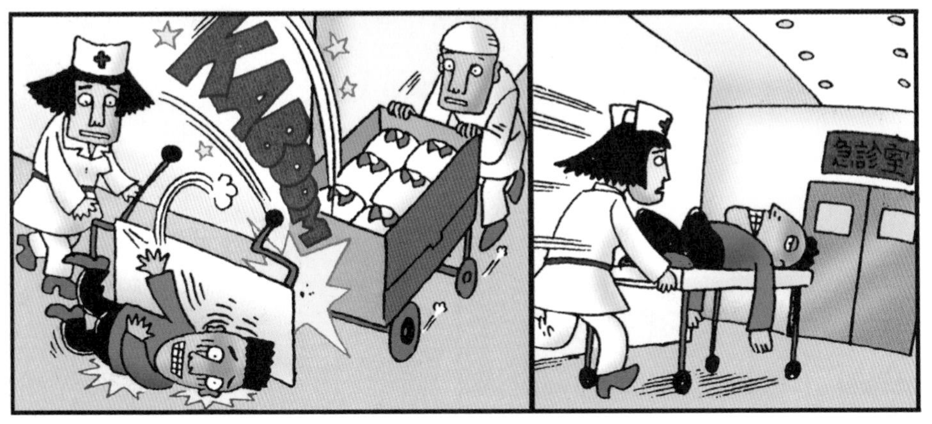
KABOOM
急診室

出處　節，植物主幹上旁生枝條的地方。比喻使事情更複雜，在問題本身之外又增加了其他問題。語出《圓悟佛果禪師語錄》：「若據本分草料，猶是節外生枝。」

圖(ㄊㄨˊ)窮(ㄑㄩㄥˊ)匕(ㄅㄧˇ)見(ㄒㄧㄢˋ)

⊙荊軻刺秦王的故事，比喻形跡敗露。

為了表示誠意，獻上我國地圖給大王。

嗯！你把地圖拿給我看！

哈哈！這是最好的時刻！

啊！地圖裡藏著匕首！

能為大王削水果，三生有幸！

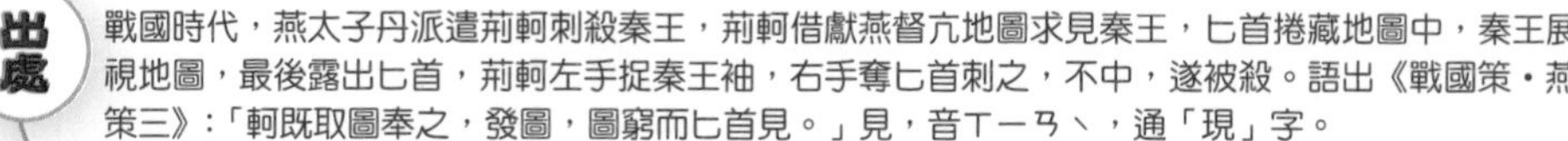

出處 戰國時代，燕太子丹派遣荊軻刺殺秦王，荊軻借獻燕督亢地圖求見秦王，匕首捲藏地圖中，秦王展視地圖，最後露出匕首，荊軻左手捉秦王袖，右手奪匕首刺之，不中，遂被殺。語出《戰國策・燕策三》：「軻既取圖奉之，發圖，圖窮而匕首見。」見，音ㄒㄧㄢˋ，通「現」字。

一佛出世　二佛涅槃

⊙形容遭受極度磨難，或被打得死去活來。

你徒弟被一群流氓圍毆！

啊！一佛出世，二佛涅槃。
師父您在說什麼？

我是說你被打得好慘哪！
您就直接講白話嘛！
老是愛賣弄成語。

出處

意謂死去活來。形容疼痛、悲傷、氣憤、驚慌到了極點。也作「一佛出世，二佛升天」。語出《水滸傳》第三十九回：「一連打上五十下，打得宋江一佛出世，二佛涅槃，皮開肉綻，鮮血淋漓。」

水深火熱
⊙比喻非常困苦，飽受煎熬的生活情況。

POLOLO
POW
PON
DON
三叉星爆發內戰了！

三叉星王橫徵暴斂！
要人民交出收入的一半充當國防稅。
三叉星百姓生活在水深火熱之中。
所以我們的百姓是多麼幸福呀！

我只要他們交出收入的百分之四十九。
人民起義抗拒苛稅！
龜笑鼈無尾！

出處

用以比喻民生困苦，已臨絕境。語出《孟子‧梁惠王下》：「簞食壺漿，以迎王師，豈有他哉，避水火也；如水益深，如火益熱，亦運而已矣。」

英雄無用武之地
⊙有本領的人得不到施展的機會。

哼！
本想一鼓作氣征服蠻族！

誰知朝廷竟要採取談和政策！

唉！英雄無用武之地。

啡！
本想馳騁沙場殺敵報國！
唉！英雄無用武之地。
軍民同樂會

出處

對充滿抱負及才能的人卻無法施展長才而表示惋惜、感慨。也用來形容事物派不上用場。語出《三國志・蜀書・諸葛亮傳》：「今操芟夷大難，略已平矣，遂破荊州，威震四海。英雄無所用武，故豫州遁逃至此。」

苟ㄍㄡˇ延ㄧㄢˊ殘ㄘㄢˊ喘ㄔㄨㄢˇ

⊙比喻勉強保有生命，延長現有的情況。

帝國窮途末路只有苟延殘喘。

乘機趕快逃走吧！
保全老命改日再來重建帝國。
咻！

哇！逃生機故障啦！
這下子連想殘喘都喘不起來了。

出處

比喻勉強存續生命。語出《西遊記》第三十一回：「欲要自盡，又恐父母疑我逃走，事終不明。故沒奈何，苟延殘喘，誠為天地間一大罪人也。」也可比喻勉強撐住局面。

泥ㄋㄧˊ牛ㄋㄧㄡˊ入ㄖㄨˋ海ㄏㄞˇ
◎比喻一去不返，毫無消息。
雕塑作品參展有如「泥牛入海」毫無音訊。

女友棄我而去，音訊有如「泥牛入海」
噢！「泥牛入海」。
唉！我的人生就像「泥牛入海」一樣，失去了希望。

你捏得泥牛滿好的，賣給我吧！
沒想到一句成語竟改變了我的前途。

出處 語出《祖堂集・洞山和尚》：「問：『師見什麼道理更住此山？』師曰：『見兩個泥牛鬥入海，直至如今無消息。』」原本比喻人種種互相矛盾的思慮被解開。後世則多用以比喻一去不復返。

逢凶化吉
⊙遇到凶險，卻能轉危為安。

蔡捕頭鐵腕治安，遭到黑道恐嚇。

幸好每次都能逢凶化吉。
喵

這次一定要成功！

B-B-B-B-B-B
哇！討厭的大哥大！
!

出處

遇到凶險而能安全度過。語出《紅樓夢》第四十二回：「或一時有不遂心的事，必然是遇難成祥，逢凶化吉，卻從這『巧』字上來。」

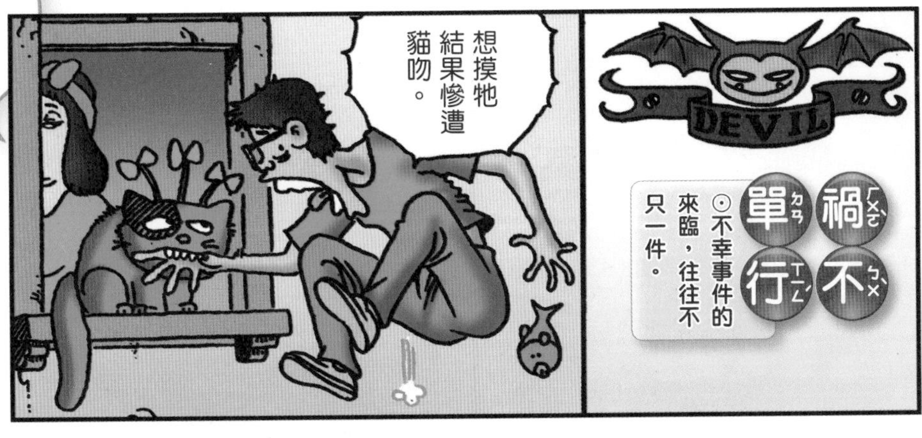
DEVIL
禍ㄏㄨㄛˋ不ㄅㄨˋ單ㄉㄢ行ㄒㄧㄥˊ
⊙不幸事件的來臨，往往不只一件。
想摸牠結果慘遭貓吻。

想吃它，不幸肉離指身。
想撿它，偏偏飛輪驚魂。
100

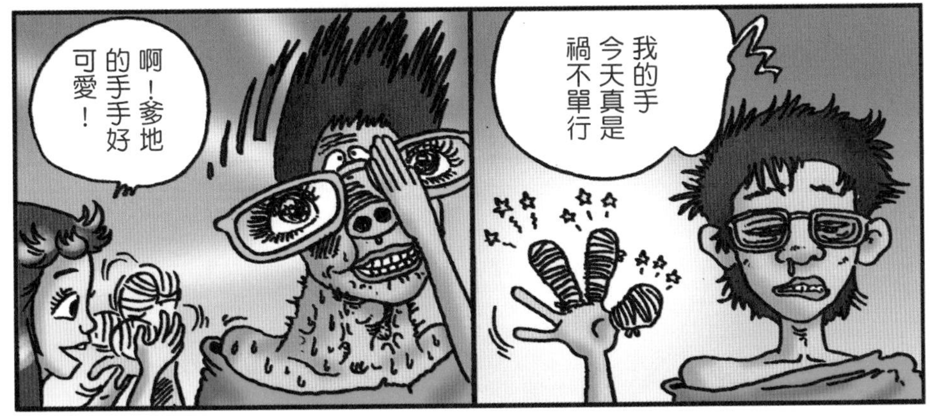
我的手今天真是禍不單行
啊！爹地的手手好可愛！

出處

語出漢・劉向《說苑・權謀》：「往年秦拔宜陽，明年大旱民饑，不以此時恤民之急也，而顧反益奢，此所謂福不重至、禍必重來者也。」

一波三折

ㄧ ㄅㄛ ㄙㄢ ㄓㄜˊ

⊙比喻事情進行不順利，挫折很多。

無人偵察機缺少研究經費。
放心！我來為你籌措經費。

經費不是已經撥給你了嗎？
可是找不到試飛的場地。

場地我幫你安排好了！祝你成功！
耶！太棒了！

又怎麼了？真的是一波三折嗎？
呼
呼
呼

警察說飛機上的假人沒駕照不讓他飛上天。

出處

語出晉・王羲之〈題衛夫人筆陣圖後〉：「每作一波，常三過折筆。」原指書法中的一捺，筆鋒需作三次轉折，使之曲折多姿。原本用以形容聲音、文章的跌宕起伏多變，後世則多用來比喻事情進行的不順利。

一ㄧ 波ㄅㄛ 未ㄨㄟˋ 平ㄆㄧㄥˊ 一ㄧ 波ㄅㄛ 又ㄧㄡˋ 起ㄑㄧˇ

⊙一個問題還沒解決，另一個又發生了。

蔡捕頭快來抓賊！

那裡發生凶殺案啦！

喔！

一波未平，一波又起。

累得又渴又餓。

蔡捕頭快來！

又有什麼狀況？

請你吃八寶粥。

HAHA

這種好事可以多來幾波！

出處

比喻事物發展有起伏，或者一個問題還沒解決，另一個問題又出現。語見元・楊載《詩法家數》：「七言古詩，忌庸俗軟腐，須是波瀾開合，如江海之波，一波未平，一波又起。」

一場春夢
ㄧˋ ㄔㄤˇ ㄔㄨㄣ ㄇㄥˋ
⊙比喻世事變化無常，好像夢幻一樣消失。
昨晚我作了一場春夢。

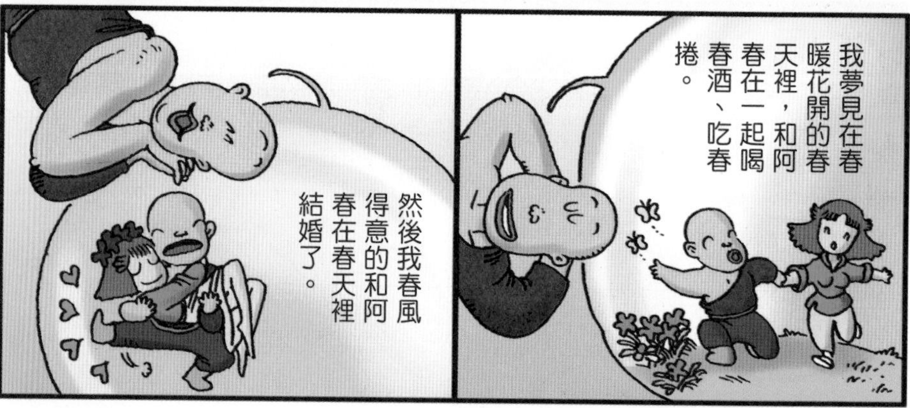
我夢見在春暖花開的春天裡，和阿春在一起喝春酒、吃春捲。
然後我春風得意的和阿春在春天裡結婚了。

但是，小孩一個接一個生了一大堆一大堆……
結果一場春夢成了一場大惡夢。

語出唐・盧延讓〈哭李郢端公〉：「詩侶酒徒消散盡，一場春夢越王城。」

不ㄅㄨˋ經ㄐㄧㄥ一ㄧ事ㄕˋ
不ㄅㄨˋ長ㄓㄤˇ一ㄧ智ㄓˋ
◎不經歷一件事情，就不能增長對此事的見識與教訓。

流浪狗那麼多，
又沒有經費飼養。

頒布養狗稅。
讓養狗的人共同來分擔。

好主意！
不經一事，不長一智。

養狗戶聽說要抽稅，把狗都丟啦！

哇！越來越糟啦!!

出處

沒有經過磨練，就不能夠多一分見解。表示智慧見聞多從失敗中得來。語見清・曹雪芹《紅樓夢》第六十回：「俗語說：『不經一事，不長一智。』我如今知道了。」

四ㄙˋ海ㄏㄞˇ為ㄨㄟˊ家ㄐㄧㄚ
⊙比喻天下到處都可以居住。
東南西北

我從小就立志做個四海為家的船員。

可以浪跡天涯到全世界去遊歷。

這種無拘無束的日子多麼浪漫呀！

如今我真的達到四海為家的目地了。
卻是個一無所有的家。

出處

語出《史記・高祖本紀》：「且夫天子以四海為家，非壯麗無以重威。」
四海，古代地理觀念中，以為中國居宇宙之中，而四方皆海，故以四海稱天下。

白手成家
ㄅㄞˊ ㄕㄡˇ ㄔㄥˊ ㄐㄧㄚ
⊙在沒有基礎的困難環境中創立事業。

說到我的未來。
是想開一家自己的餐廳。

但是要白手成家多困難呀！
師弟你呢？
將來想做什麼事業呢？

我的事業不花成本，而且穩賺不賠。
這麼好！
那是什麼生意？
就是給你養嘛！
喔！你這是白吃成家！

出處　在一無所有的背景困境中，靠著自己的努力把事業壯大起來。白手：空手。也作「白手起家」。語見周而復《上海的早晨》：「朱延年是商人的兒子，他的福佑藥房是白手成家的。」

否ㄆㄧˇ極ㄐㄧˊ泰ㄊㄞˋ來ㄌㄞˊ

⊙比喻運氣壞到極點，就會轉好運。

我今天的運氣糟透了！

早上遇到怪風，把作業簿刮走啦！

皮皮！我撿到了你的作業簿！

失而復得，真是否極泰來！

什麼怪風？根本是你偷懶！
罰

出處

否、泰：易經六十四卦中的兩個卦，否表示凶，泰表示吉。極：盡。比喻壞運到了極點，好運就會降臨。語出漢・趙曄《吳越春秋・勾踐入臣外傳》：「時過於期，否終則泰。」

坐了二十年的牢，終於重見天日了。

重見天日

⊙過去處在黑暗中，如今重見光明。

啊！街頭暴力橫行！
哇！社會風氣腐敗墮落！

天哪！色情氾濫，賭博充斥！
放我進去！
我不要重見這種天日！

出處 語出《舊唐書・后妃列傳上・中宗韋庶人》：「帝在房州時，常謂后曰：『一朝見天日，誓不相禁忌。』」

際遇篇
風ㄈㄥ塵ㄔㄣˊ僕ㄆㄨˊ僕ㄆㄨˊ
⊙形容奔波忙碌旅途勞累。

大師父今天要回來了。

哇！風塵僕僕。

旅途疲勞。
又餓又睏！

大師父請喝茶！

唔！睡著啦！

出處

「風塵」語出漢・秦嘉〈與妻書〉：「想念悒悒，勞心無已。當涉遠路，趨走風塵。」「僕僕」語出宋・高斯得〈經筵進講故事〉：「職此之由，近者臺諫之出，既往復來，僕僕道路，見者指笑，以為前所未有。」

德性篇

翩翩風度好君子，清清如蓮出淤泥。

AAAAAA
WUO
WUO
STOP! STOP!
啵啾
啵啾
啵啾

仙風道骨
ㄒㄧㄢ ㄈㄥ ㄉㄠˋ ㄍㄨˇ
⊙比喻此人風采非凡，有如成仙得道之人。
章大人為何一副道士打扮？

最近研讀三國誌，對諸葛亮實在太敬仰了。
所以我學習他的穿著。

你有沒有覺得我也有「仙風道骨」的氣質？
我看你有點像「先瘋排骨」！
你真沒情調！
掃興透了！

出處

仙風，神仙的飄逸風度。道骨，修道人清高的氣骨。
語出唐・李白〈大鵬賦序〉：「天台司馬子微謂余有仙風道骨，可與神遊八極之表。」

瓜田李下
ㄍㄨㄚ ㄊㄧㄢˊ ㄌㄧˇ ㄒㄧㄚˋ
⊙比喻容易被人產生嫌疑的處境。

最近西瓜常被偷，我一定要抓到他！

喝！原來偷西瓜的是個女賊！
站住！
竟敢把西瓜藏在肚子裡。

好小子原來是你勾引我小李飛刀的女兒！
爹！
哇！我真是「瓜田李下」中的「李下」！
嗨！我在這兒！

出處

語出無名氏〈君子行〉：「君子防未然，不處嫌疑間。瓜田不納履，李下不正冠。」

白ㄅㄞˊ圭ㄍㄨㄟ之ㄓ玷ㄉㄧㄢˋ

⊙比喻好人或事物的缺點。

聖人
亂丟髒襪子

大師父樂善好施。
是個老好人。

他就是買東西愛挑剔。
這叫作白圭之玷！

你賣的菜有缺點！
怎麼啦！

這蘿蔔又瘦又乾！
而且不夠白！
那是紅蘿蔔嘛！
老花眼了！
啊！
白圭之玷！

出處

圭：古代舉行典禮時用的一種玉器。玷：白玉上的斑點。比喻人的缺點。語出《詩經・大雅・抑》：「白圭之玷，尚可磨也：斯言之玷。不可為也。」

德性篇

教室
蜴教授是本校的元老教授。

年ㄋㄧㄢˊ高ㄍㄠ德ㄉㄜˊ劭ㄕㄠˋ
⊙形容一個人年紀愈大愈受人崇敬。
50!

他有五十年的教學經驗。
他年高德劭受到同學們的尊敬。

教授，五乘五等於三十嗎？
他教出來的都是這種程度嗎？
咳
咳
喂！教授的臉變綠啦！
教室

出處

語出漢・揚雄《法言・孝至》：「吾聞諸傳，老則戒之在得，年彌高而德彌邵者，是孔子之徒與！」劭，亦作「邵」。

老（ㄌㄠˇ）僧（ㄙㄥ）入（ㄖㄨˋ）定（ㄉㄧㄥˋ）

⊙比喻一個人心思鎮定，任憑外界擾亂也不浮動。

欲
欲

打坐時要心無雜念。
眼觀鼻
鼻觀心
心如止水。

你們要學習大師父這樣「老僧入定」。
你扭來扭去的，心裡亂想什麼？

師兄忘了把熬蔘湯的爐火關掉了。
別入定啦！快救我的千年蔘湯！

出處

僧，和尚。入定，佛家打坐用語；意思是心靜如止水，已達忘我的境界。語見《孽海花》第二十回：「看時，卻是個黑瘦老者，危然端坐，彷佛老僧入定一樣。」

修行者要做到唾面自乾。

唾面自乾
⊙表示容忍的雅量，如果能夠如此，修養就高了。

大師父有這種雅量嗎？
當然也。
請實踐給我們看。

忍耐喲！忍耐
為何收這種蠢徒！
乾了嗎？
哇！長毛啦！
生髮水

出處 是說對別人要度量大一點，縱使受侮辱也不去計較。語出唐・劉餗《隋唐嘉話》：「夫前人唾者，發於怒也。汝今拭之，是惡其唾而拭之，是逆前人怒也。唾不拭將自乾，何若笑而受之？」

急流勇退
⊙比喻一個人不留戀眼前的權勢名位，而能夠及時引退。

想不到錢老闆會搬到這個小漁村來住。

生意做得這麼大，竟然毫不留戀！

這種急流勇退的精神真是令人欽佩！

姓錢的！你竟敢捲款潛逃！

喂！我的麵錢呀！
「急溜泳退」！

出處

語出宋・邵伯溫《邵氏聞見錄》：「僧熟視若水，久之不語，以火箸畫灰作『做不得』三字，徐曰：『急流中勇退人也。』」

晨ㄔㄣˊ昏ㄏㄨㄣ定ㄉㄧㄥˋ省ㄒㄧㄥˇ
⊙子女早晚向父母請安，照顧父母的生活。

現代社會孝道蕩然無存！
「晨昏定省」？簡直是神話！

爸爸早安！
爸爸晚安！

你兒子昨天不是有回來看你嗎？
那是十年來第一次！

現在社會忙碌嘛！有回來就不錯囉！
他是回來借錢的！

出處 定，鋪好衽席。省，ㄒㄧㄥˇ，請安。用以形容子女早晚侍候探望父母的生活起居。與「昏定晨省」同。語出《禮記・曲禮上》：「凡為人子之禮，冬溫而夏凊，昏定而晨省。」冬溫，冬日使父母得其溫暖。夏凊，夏日使父母得其清涼。

成語字謎 1

烏龍教室

難度 ☆☆

親愛的讀者朋友，看完前面的漫畫成語，應該學到不少成語用法了！快來做個小測驗，看看自己記得多少？溫故知新、有助於知識的累積喔！

下頁的表格裡，共有11組成語缺字填空，快來動動腦，把空格補上喔！

下方有提示喔！

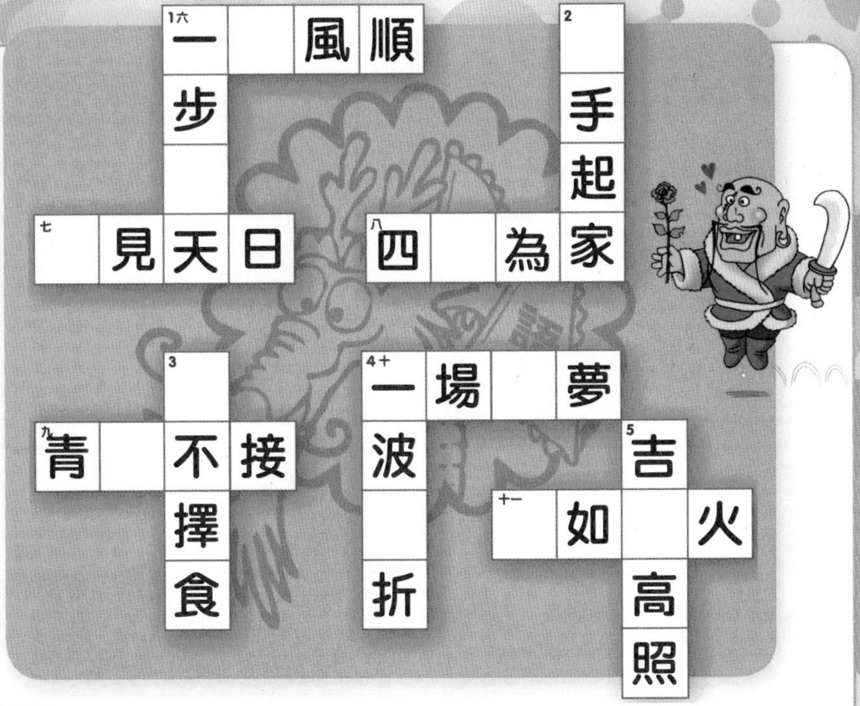

		1六 一		風	順			2		
		步						手		
								起		
七	見	天	日		八 四		為	家		
		3			4十 一	場		夢		
九 青		不	接		波				5 吉	
		擇					十一	如		火
		食			折				高	
									照	

提示：

1.比喻很快達到很高的地位。

2.形容在沒有基礎的狀況之下創業。

3.比喻急需時，無法冷靜思考、選擇。

4.形容事情進行很不順利。

5.比喻萬事順利、運氣很好。

六.形容非常順利、沒有阻礙。

七.看不見太陽。比喻在黑暗中看不到光明。

八.形容人漂泊不定，四處為家。

九.新穀還沒成熟，存糧已吃完，形容缺乏不足，難以為繼。

十.比喻世事無常，轉眼成空。

十一.形容非常急迫。

答案：1.一步登天、2.白手起家、3.飢不擇食、4.一波三折、5.吉星高照、6.一帆風順、7.重見天日、8.四海為家、9.青黃不接、10.一場春夢、11.急如星火

（這些答案都在P11～59！忘記的話快點翻到前面複習一下吧！）

德性篇

虛懷若谷

⊙形容一個人非常謙虛，心懷若深谷，可以容納許多事物或道理。

無論求學問，或是練武術，都應該謙恭有禮。

大師父就是虛懷若谷的高人。
哈囉！大師父！

咦？沒有回音？這是什麼老爛谷？
做了什麼孽，教出你這種徒弟！

出處

虛，空。懷，胸懷。若，好像。谷，山谷。
語出《清史稿・柴潮生傳》：「此誠我皇上虛懷若谷，從諫弗咈之盛心也。」

韜光養晦

⊙藏匿光彩，隱居等待時機。

先生飽讀聖賢書，為何隱居在此？

深居山中又如何得知天下事？

在此地韜光養晦。
等待明君，報效朝廷。

只要他能效法劉備三請孔明，我就跟他走！
真是清高。
也是很清楚的糟糕！

出處

比喻不為世用，斂藏才智。

語出《舊唐書・宣宗記》：「曆太和會昌朝，愈事韜晦，群居遊處，未嘗有言。」

一本正經
⊙做事態度謹慎不隨便。
正

BASEBALL
身為職棒主審，必須要一本正經的來執行裁判。

喂！你的個子這麼矮應該去打少棒！
你投慢一點好嗎？你想嚇死我嗎？

一面倒的比賽有什麼好看？幸災樂禍嗎？
神經病院
他的「一本正經」偏執狂又發作了！
三振
三振

一本，一副。「正經」語出晉・葛洪《抱朴子・百家》：「正經為道義之淵海，子書為增深之川流。」形容人的行為舉止莊重端正。

水清無魚
ㄕㄨㄟˇ ㄑㄧㄥ ㄨˊ ㄩˊ
⊙比喻為人做事太過精細明察，則不能容眾，眾亦不樂為其所用。
本池規定
哎呀
這張紙只用一面就丟棄嗎？

鉛筆還有這麼長也不要了？
老闆你實在太挑剔！
我受夠了！

「水清無魚」，你另請高明吧！
…
喂！離座前別忘了關燈。

出處

言水極清則魚無所容其身。語出《漢書・東方朔傳》：「水至清則無魚，人至察則無徒。」比喻為人過於精細明察，不能容眾，眾人也不樂於為其所用，而弄得眾叛親離，連個親信的人都沒有。

冰ㄅㄧㄥ清ㄑㄧㄥ
玉ㄩˋ潔ㄐㄧㄝˊ
⊙比喻人的操守像冰似玉一樣潔白。
這是黃金百兩，請大人笑納。

我一生為官清廉，豈能貪贓枉法。
大人「冰清玉潔」，實在令我慚愧。

金子統統帶回去。
我一毛錢也不收。
不過這個盒子我很喜歡。

出處

語出《晉書・賀循傳》:「循冰清玉潔，行為俗表。」

高ㄍㄠ風ㄈㄥ亮ㄌㄧㄤˋ節ㄐㄧㄝˊ
⊙形容一個人品格崇高，操守清明。
正

聽說城裡來了一位姓包的欽差。

難道，是龍圖閣包青天大人嗎？
包大人高風亮節，老百姓有福了。

本官姓包，紅包的包。
你們要送禮嗎？
此包非彼包，咱們自求多福吧！

出處

「高風」語出《後漢書・馮衍傳》：「沮先聖之成論兮，懇名賢之高風。」「亮節」語出晉・陸雲〈晉故豫章內史夏府君誄〉：「越殷自周，紹膺遺祉，亮節三恪，侯服千祀。」

羞ㄒㄧㄡ與ㄩˇ噲ㄎㄨㄞˋ伍ㄨˇ

⊙表示看不起某些人的所作所為，不願意和他們相處。

師父，賭場在徵保鏢。
徵・保鏢

原裝進口
WAWALA
洗衣機
WAWA
LA

那些人賺錢不仁不義，
我羞與噲伍。
可是已經沒錢吃飯了呀！

終結山產店
徵
到山產店應徵宰殺工人。
徵
我羞與噲伍！

出處 噲，ㄎㄨㄞˋ，指樊噲，初以屠狗為業，後從漢高祖起兵，屢立戰功，封賢成君。此語今多借用以表示不願與凡庸者並列。據漢書・韓信傳記載：韓信以周勃、灌嬰、樊噲等粗俗，羞與同列，曾過樊噲家，噲趨拜送迎，韓信出門，笑云：「生乃與噲等為伍！」

寧為玉碎不為瓦全

⊙比喻為保全氣節而犧牲。

我遭小人誣陷。
說我包庇黑道。

我怎能忍受這種屈辱！
寧為玉碎，不為瓦全。
砰！
砰！
砰！

長官已經調查清楚了！
您是被冤枉的！
你的玉沒碎，我的瓦全爛啦！

出處 比喻寧可為了保有氣節而犧牲，也不願不顧名節而苟且偷生。語出《北齊書・元景安傳》：「大丈夫寧可玉碎，不能瓦全。」

蘭質蕙心

ㄌㄢˊ ㄓˋ ㄏㄨㄟˋ ㄒㄧㄣ

⊙比喻女子的氣質高雅，心性聰明。

我是研究所博士班第一名畢業的。

我從小到大，每次考試都是第一名。
妳是位蘭質蕙心的女性。

哇！青蛙！快踩死牠！
呱
失去了對自然的關愛，考第一名有何用？

出處

蘭，香草名。質，資質。蕙，香草名。心，心性、本性。
語出王勃〈七夕賦〉：「金臂玉振，蕙心蘭質。」

舉止篇

上天下地無窮盡，一動一靜皆玄機。

若要人不知，除非己莫為

⊙要別人不知道，除非自己不做才行。

我沒偷吃蛋糕。

你就是凶手！
你有什麼證據？

全搜遍了，找不到凶刀。
沒物證？
這該怎麼辦？
刀子被我扔到山溝裡去了。

笨狗！
汪汪汪！
誰叫你撿回來的！
若要人不知，除非己莫為。
汪汪汪

出處

用以說明如果做了壞事，終究是隱瞞不了的。多用來告誡人千萬不要做壞事；或是如果做了壞事，就應該勇於認錯不迴避。語出漢・枚乘《上書諫吳王》：「欲人勿聞，莫若勿言；欲人勿知，莫若勿為。」

欲ㄩˋ加ㄐㄧㄚ之ㄓ罪ㄗㄨㄟˋ 何ㄏㄜˊ患ㄏㄨㄢˋ無ㄨˊ辭ㄘˊ

⊙要想加罪於他人，不愁找不到罪名。

要打十下。
妳太可愛、

師父說你燒的菜好難吃。

欲加之罪，何患無辭。
不是太鹹就是太淡！
不是太燙就是太涼！

今天煮的很好吃！
不鹹不淡、不燙不涼！
你誇我？
就是多了一些怪東西！
醬油瓶蓋

出處

要想加罪於某人，還愁找不到藉口嗎？用來指稱可以隨心所欲地羅織罪名或捏造罪名誣陷人。
語出《左傳・僖公十年》：「不有廢也，君何以興？欲加之罪，其無辭乎？」

不可救藥（ㄅㄨˋ ㄎㄜˇ ㄐㄧㄡˋ ㄧㄠˋ）

⊙狀況已經到了難以挽回的地步。

得了肺癌還抽菸？真是不可救藥！

你有肝癌還在喝酒！也是不可救藥！
反正你們不可救藥了，回家去吧！

你昨天才說有救的！
我賭博把醫院輸掉了！
唉！不可救藥！

出處

救藥，以藥物救治。用以形容病重至不可以藥物救治的地步。也可用以比喻人墮落至無可挽回之境，或喻稱事態已敗壞至不可整治的地步。

語出《詩經・大雅》：「多將熇熇，不可救藥。」熇熇（ㄏㄜˋ），熾盛的樣子。

不ㄅㄨˋ速ㄙㄨˋ之ㄓ客ㄎㄜˋ
⊙未經約定而突然來訪的客人。

所謂「不速之客」是不請自來的客人，所以都不太受歡迎。

這是球場上出現的「不速之客」！
?
RO
新婚之夜的「不速之客」！

扮演「不速之客」也滿有趣的！
BAD BOY
嘻嘻！我這個不速之客把你晚餐給吃掉啦！

出處

語出《易經・需卦》：「上六，入于穴，有不速之客三人來，敬之終吉。」

不敢越雷池一步

⊙不敢超越一定的界限。

越界就

潛入敵營刺探軍情。

半夜還在研讀兵法！

哈！妙計！

他們的將軍真用功！

比我們的懶元帥強多了。

立刻撤兵！

不敢越雷池一步。

哈！妙計！

其實將軍是在看「情書大全」。

出處

越：超過。雷池：湖名，在今安徽望江縣南。原意是叫溫嶠不要領兵越過雷池到京城去。比喻做事不敢超越某一界線或範圍。也作「不得越雷池一步」。語出晉・庾亮《報溫嶠書》：「吾憂西陲。過於歷陽，足下無過雷池一步也。」

今天帶你去參加章大人的生日宴會。

出乖露醜
ㄔㄨ ㄍㄨㄞ ㄌㄡˋ ㄔㄡˇ
⊙言行上出了差錯，使得臉面丟盡。

你說話要小心，免得給我出醜了。
你徒弟今天真乖巧，安靜又斯文。

師父怕我言多必失叫我要謹言慎行。
所以你今天有三長兩短可別怪我喲！

出處 亦作「出乖弄醜」。語見《醒世恆言・張廷秀逃生救父》：「後來使玉姐身無所倚，出乖露醜，玷辱門風。」語見《儒林外史》第十四回：「像我婁家表叔結交了多少人，一個個出乖露醜，若聽見這樣話，豈不羞死！」

半路出家

ㄅㄢˋ ㄌㄨˋ ㄔㄨ ㄐㄧㄚ

⊙比喻中途改業，不是一開始就做此行。

夫人的皮膚好粗糙，
我來為您做護膚保養。

嘿！果然細嫩多了。
你做這一行多久了？
半路出家，才三天而已。

真天才！你以前是做什麼的呢？
在殯儀館，為大體化妝。
哇！

出處

語出《京本通俗小說・錯斬崔寧》：「到得君薦手中，卻是時乖運蹇，先前讀書，後來看看不濟，卻去改業做生意。便是半路上出家的一般，買賣行中一發不是本等伎倆，又把本錢消折去了。」後亦用「半路出家」比喻成年後才出家為僧為尼。

丟人現眼

⊙一個人在大庭廣眾之前丟盡顏面。

雞智測驗

2
+2
22

瞧你醉成這樣子。

不能喝就別裝英雄。

你真是「丟人現眼」!!

嫁給你二十年，沒有一天不喝醉的！

抱歉！

我覺得妳才是喝醉了！

妳連老公都認錯啦！

丟人現眼。

出處

形容一個人行動或言語失常、可恥，在大庭廣眾之下，非常沒有面子。

丟三落四

⊙形容做事或說話時，總是有很多缺失。

丟ㄉㄧㄡ 三ㄙㄢ 落ㄌㄚˋ 四ㄙˋ

第一天去上學，都準備好了嗎？

媽放心，我已經會照顧自己了。
我不會像以前忘東忘西的讓您擔心。

真高興妳能改掉「丟三落四」的壞習慣。
但是只穿一隻襪子就要出門了嗎？

出處

亦作「丟三忘四」。語出《紅樓夢》第六十七回：「俗話說的：『笨雀兒先飛』，省的臨時丟三落四的不齊全，令人笑話。」

夸父追日
⊙比喻自不量力。
我長大以後要像愛迪生。
就憑你笨龜嗎？
哈哈！真是夸父追日！
夸父追日有什麼不好？
最起碼他還抱著希望呀！
那我將來要像比爾蓋茲！
什麼態度嘛？
笑得下巴脫臼！
哈哈哈

出處 夸父追逐太陽，表示人征服大自然的野心，也比喻人自不量力。語出《山海經・海外北經》：「夸父與日逐走，入日，渴欲得飲，飲於河渭，河渭不足，北飲大澤。未至，道渴而死。棄其杖，化為鄧林。」

呆若木雞
ㄉㄞ ㄖㄨㄛˋ ㄇㄨˋ ㄐㄧ
⊙形容受驚嚇以後，呆立不知所措的樣子。

不得了啦！你們那裡失火啦！

好像就是你家被燒啦！
不幸的消息使他呆若木雞

我看錯啦是你家被燒啦！
哼！你才像隻大木雞哩！

出處

原本比喻修養深厚、態度沉穩。後用以形容愚笨或受驚嚇而發楞的樣子。語出《莊子・達生》：「幾矣，雞雖有鳴者，已無變矣，望之似木雞矣，其德全矣。異雞無敢應者，反走矣。」

這裡景色仍然保有自然風貌。

走馬看花
ㄗㄡˇ ㄇㄚˇ ㄎㄢˋ ㄏㄨㄚ
⊙觀看事物只能大略瀏覽，無法細探。

雖然是走馬看花，也能盡收美景。
啊！違法採礦！
厚顏石材
無恥貨運

盜伐木材！
還是回老家看看小花吧！

形容抱負實現或遊賞時得意愉快的心情。語出唐・孟郊〈登科後〉：「春風得意馬蹄疾，一日看盡長安花。」比喻粗略、匆促地觀看，不能仔細深入了解事物。語出清・吳喬《圍爐詩話》：「唐詩情深詞婉，故有久久吟思莫知其意者。若如走馬看花，同于不讀。」

幸災樂禍

ㄒㄧㄥˋ ㄗㄞ ㄌㄜˋ ㄏㄨㄛˋ

⊙見人遭難，卻還暗自欣喜。

你牙疼的樣子好驢！
幸災樂禍。

AH AH AH

我也來檢查一下牙齒！
恭喜你！
每顆牙齒都是一級棒！

但是——
兩個肺已經癌症末期了！
你不要幸災樂禍！

出處

「幸災」語出《左傳‧僖公十四年》：「背施無親，幸災不仁，貪愛不祥，怒鄰不義。四德皆失，何以守國？」

「樂禍」語出《左傳‧莊公二十年》：「今王子頹歌舞不倦，樂禍也。」

這是我新買的百萬貂皮大衣。

招ㄓㄠ 搖ㄧㄠˊ 過ㄍㄨㄛˋ 市ㄕˋ
⊙形容一個人儀態行為很特殊、很誇張。

這種穿著也太招搖過市了吧！
我買來就是要炫耀的。
可是……

這件大衣不適合今晚的場合。
囉嗦！
獵犬俱樂部
以後再也不敢招搖過市啦！

出處

語出《史記・孔子世家》：「使孔子為次乘，招搖市過之。」招搖，張揚、囂張的樣子。用以比喻行事張揚，並且惹人注目。

明知故問
⊙明明知道，卻還要故意問。
請問打擊者是站在這裡打球嗎？
明知故問。

請問您是裁判嗎？
明知故問。
你一定就是捕手囉！
你明知故問。

喂！你到底打不打球？
你明知故問。

明明知道的事情，卻佯裝不瞭解，故意再問一遍。
語見《兒女英雄傳》第三十九回：「然則此時夫子又何以明知故問呢？自是這日燕居無事，偶見他三個都在坐中。」

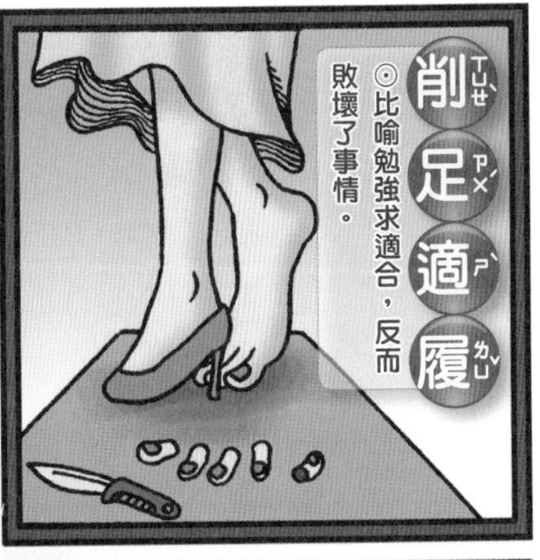
削ㄒㄩㄝˋ足ㄗㄨˊ適ㄕˋ履ㄌㄩˇ
◎比喻勉強求適合，反而敗壞了事情。

大個！你怎麼在拆牆呀？

冰箱太大了，我搬不進去嘛！
你這種笨方法根本就是「削足適履」。

不過我自己也常犯這種毛病。
帽子真的太小，我把頭皮給削了。

出處 語出《淮南子・說林》：「夫因所以養而害所養，譬猶削足而適履，殺頭而便冠。」

哄堂大笑

⊙有趣的事引得眾人放聲大笑。

哈！哈!! 哈!!
哈！哈!! 哈!!
哈！哈！哈！
哈!!

凸凸喜歡惡作劇！
嗨！這個送給你！

常常引起同學們哄堂大笑。
哈!! 哈!! 哈!! 哈！哈!!
哈!!
這一次反而被倒咬一口！

鼻子腫得像顆超級大芭樂！

自己成了哄堂大笑的對象。
哈哈哈哈
哈哈哈哈

出處

語出唐・趙璘《因話錄》：「唐禦史有台院、殿院、罕院，以一禦史知雜事，謂之雜端。公堂會食，皆絕笑言。惟雜端笑而三院皆笑，謂之哄笑，則不罰。」

眉ㄇㄟˊ開ㄎㄞ眼ㄧㄢˇ笑ㄒㄧㄠˋ

⊙形容高興愉快的樣子。

第一特獎

小師弟看漫畫，
眉開眼笑。

大師兄看阿桃，眉開眼笑。

胖師父喝好茶，
眉開眼笑。
茶

大師父泡溫泉，
眉開眼笑。
石頭城主來
收稅金，沒
人會笑。
石

出處

語出《喻世明言・閒雲菴阮三償冤債》：「那尼姑貪財，見了這兩錠細絲白銀，眉開眼笑道：『大官人，你相識是誰？委我幹甚事來？』」

特立獨行

⊙一個人處事的態度有自己的原則，不隨便苟同世俗。

小王，
你怎麼這身打扮？

搞藝術就是要特立獨行。
二十年後……
小王，
你怎麼這身打扮？
!

年紀大了嘛！
不能再搞怪啦！
藝術的特立獨行要表現在內涵裡。
作品展

指行為特異，與眾不同。特：獨特。立：立身。語出《禮記・儒行》：「世治不輕，世亂不沮，同弗與，異弗非也，其特立獨行有如此者。」

好鬱悶！
過生日都沒收到禮物。

破（ㄆㄛˋ）涕（ㄊㄧˋ）為（ㄨㄟˊ）笑（ㄒㄧㄠˋ）

⊙停止哭泣，露出笑容轉為喜悅。

我要冰棒
嗚哇～
嘻⋯

師父呀！
原來您早就準備好禮物了！

喔！人生充滿著溫暖！
破涕為笑
嘖
嘖
嘖
怪胎！你抱著我表妹的喜餅做什麼？
破涕為笑

轉悲為喜的意思。語出《文選・劉琨答盧諶書》：「時復相與舉觴對膝。破涕為笑。排終身之積慘，求片刻之暫歡。」

笑逐顏開

⊙一個人笑容不斷，非常高興的樣子。

噗
噗
噗
噗
噗
噗
噗
噗噗噗噗噗

嘻嘻嘻嘻嘻嘻嘻！
咳咳
嘻嘻嘻嘻嘻嘻嘻！
呵呵呵呵呵呵呵呵噢

哇！
哇！
哇！
哇！
笑逐顏開表演完了。
哈
哈
哈

逐，隨著。臉上堆起了笑容，形容非常愉快。

語出《京本通俗小說・西山一窟鬼》：「教授聽得說罷，喜從天降，笑逐顏開，道：『若還真個有這人時，可知好哩！只是這個小娘子如今在那裡？』」

張冠李戴

張（ㄓㄤ）冠（ㄍㄨㄢ）李（ㄌㄧˇ）戴（ㄉㄞˋ）

⊙比喻名實不相符或對象顛倒錯亂。

老張，恭喜你生了個兒子。

頭髮又黑又濃，皮膚又白又嫩……
哇！
好可愛！
長得真好。

張冠李戴！這個才是我兒子！
張小李
李小張
咦！愈看愈像個女生嘛！

出處

語出宋・錢希言《戲瑕・張公喫酒李公醉》：「其時又有『張公帽兒李公戴』，至今相傳又有『張三有錢不會使，李四會使卻無錢。』之諺，疑亦是此意耳。」

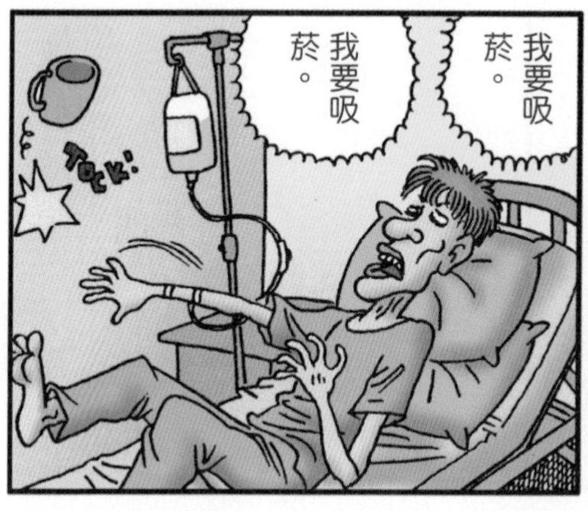

我要吸菸。
我要吸菸。
TOCK!

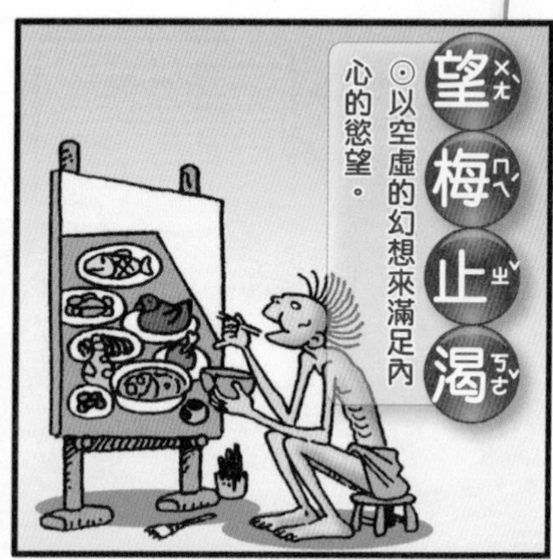

望ㄨㄤˋ梅ㄇㄟˊ止ㄓˇ渴ㄎㄜˇ
⊙以空虛的幻想來滿足內心的慾望。

您得了肺癌，不可以再吸菸了。
看看廣告，望梅止渴一下吧！
肺癌

護士小姐！
您還需要什麼？
TOCK!
借個火吧！
神哪！天使難為呀！
肺癌

出處

語出南朝宋・劉義慶《世說新語・假譎》：「魏武行役，失汲道，軍皆渴，乃令曰：『前有大梅林，饒子，甘酸，可以解渴。』」

畫ㄏㄨㄚˋ餅ㄅㄧㄥˇ充ㄔㄨㄥ飢ㄐㄧ
⊙不切實際，永遠難以實現的空想。

買不起真車只有玩玩模型車。
「畫餅充飢」。

媽，您自己也是畫餅充飢。
買不起真鑽戒，只有買假鑽過癮。

坦白講，我們家裡你最會畫餅充飢！
考不上建中，卻天天揹著建中書包！

出處

與「望梅止渴」義同。可用以比喻一個人做事不切實際，徒勞無得；或用以比喻可望不可得，難以實現的空想。語出《三國志・魏書・盧毓》：「選舉莫取有名，名如畫地作餅，不可啖也。」

欲蓋彌彰

⊙劣跡想要掩飾反而愈加顯露。

喝下這杯巫術魔汁我就能青春不老啦！

!!!

哇哈哈

魔鏡！誰是世界上最美的女人？

……

妳的臉是世界上最美麗的……

妳的腿是最醜的！

欲蓋彌彰。

哇

出處

語出《左傳・昭公三十一年》：「或求名而不得，或欲蓋而名章，懲不義也。」

我要建造凸式大飛機！

閉門造車
⊙沒有經驗卻盲目行事。
PON
DON DON!
HONHON
GEEEEGAAA
DADADA

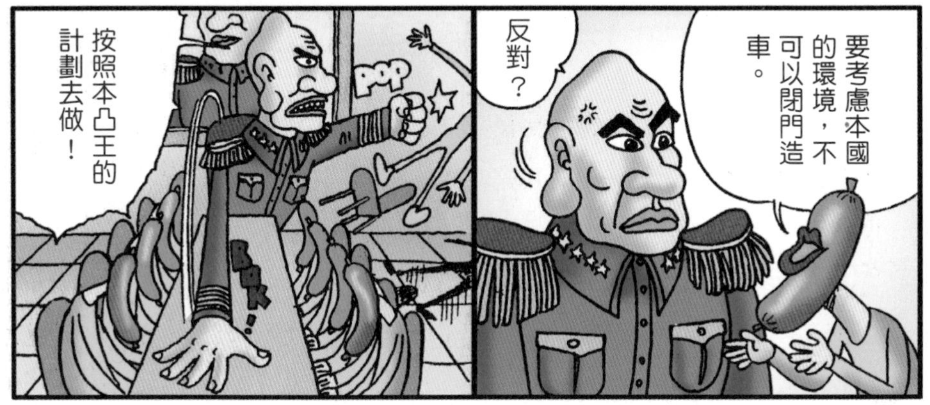
要考慮本國的環境，不可以閉門造車。
反對？
按照本凸王的計劃去做！
POP

飛機造好了，請凸王驗收。
這要怎麼起飛？
是您偉大的設計。

語出《祖堂集・五冠山瑞雲寺和尚》：「若欲修行普賢行者，先窮真理，隨緣行行，即今行與古跡相應，如似閉門造車，出門合轍耳！」

魚目混珠
ㄩˊ ㄇㄨˋ ㄏㄨㄣˋ ㄓㄨ
⊙用魚眼珠冒充作珍珠、比喻以假亂真。

不許動！你竟敢販賣假珍珠！
！
拘

滾進去！
這下子慘了！
噢？你就是昨天向我買珍珠的人！

大哥！真對不起，我賣的全是假貨！
你別客氣了，他給你的也全都是假錢。

出處

語出《韓詩外傳》：「白骨類象，魚目似珠。」

插科打諢

⊙以詼諧的話語和動作來逗人笑樂。

喵

我覺得老師好嚴肅。

就是嘛！
每次上課都是一副撲克臉。

插科打諢！
拿老師開玩笑？

你們這種成績我笑的出來嗎？
12分
10分
SLAMP
每次發考卷都是一副驢臉！
拜託您就別再插科打諢了！
10分
12分

出處

語出明・高明《汲古閣本琵琶記》第一齣：「休論插科打諢，也不尋宮數調。」

捶（ㄔㄨㄟˊ）胸（ㄒㄩㄥ）頓（ㄉㄨㄣˋ）足（ㄗㄨˊ）

◎形容極度悲痛的樣子。

嗚哇
嗚哇！

笨龜為何那麼傷心？
他的單車被偷了！

哎呀！男子漢大丈夫！
只不過是一輛腳踏車嘛！
何必哭得捶胸頓足？
太遜了！

你的車也一起被偷走了。
我！我？我的車??

嗚哇！！
這些沒心沒肝千刀萬剮的賊！！

也作「捶胸頓腳」、「捶胸跌腳」。
語出《英烈傳》第三十七回：「太祖捶胸頓足，叫說：『可惜！六員虎將將陷于漢賊陣中。』」

ㄚㄚ！
叫妳去買醬油！
妳還在看漫畫？

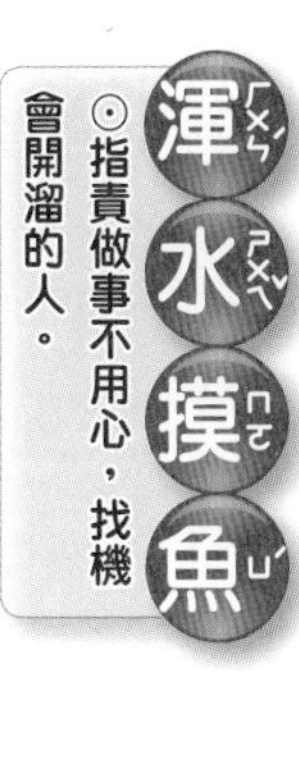
渾水摸魚
⊙指責做事不用心，找機會開溜的人。

小小年紀就會渾水摸魚了嗎？
…
誰在混？
叫你去買卻推給女兒？

你這條渾水老魚，應該以身作則！
醬油是妳要用的！
妳才是摸魚冠軍！

出處 亦作「混水摸魚」。語見老舍《四世同堂》：「其餘那些人，有的是渾水摸魚，乘機會弄個資格。」

無ㄨˊ的ㄉㄧˋ放ㄈㄤˋ矢ㄕˇ

⊙做事沒有目標或事實根據，就隨便亂做。

我將來要當超級大歌星。

壯
蒔菜

妳的歌聲根本就是噪音！

妳別無的放矢了！
！

瘦巴巴的還想當拳王！
打倒李小龍

你自己也別無的放矢了！

出處

語出唐・劉禹錫〈答容州竇中丞書〉：「今夫儒者函矢相攻，蜩螗相喧，不啻於彀弓射空矢者，孰為其的哉？」

無理取鬧

⊙形容一個人無端向人尋事搗亂。

喂！
你幹什麼一直看我？

?

我是在看公車來了沒有！

公車開過去了！
你為什麼都不看我了！
無理取鬧！

喂！
哇！妳又怎啦？

出處 毫無理由地跟人吵架，指故意搗亂。語出唐・韓愈〈答柳柳州食蝦蟆〉：「鳴聲相呼和，無理祇取鬧。」

畫蛇添足

ㄏㄨㄚˋ ㄕㄜˊ ㄊㄧㄢ ㄗㄨˊ

⊙多做出一些不必要的事，反而把事情弄糟了。

這幅畫太畫蛇添足了。

中午怎麼會有貓頭鷹在飛呢？

這幅畫就叫作畫蛇添足。

為什麼不畫隻章魚在馬路上溜冰呢？
你一張嘴太少再挖一張吧！
不要畫蛇添足！

出處

典出《戰國策・齊策二》：「蛇固無足，子安能為之足。」楚國有專管廟堂祭祀者，把一壺酒賞給辦事的人們喝。但人多酒少，於是想出在地上畫蛇比賽，誰先畫好一條蛇，誰就可以喝那壺酒。其中一人很快就畫好蛇，看別人還在畫，就得意地說：「我還能有時間給蛇畫上腳呢！」蛇腳還沒畫好，另一個人也畫好蛇，就把酒搶過去，說：「蛇本來就沒有腳，你怎能再給蛇添上腳呢！」

捨本逐末

⊙不顧根本重要的問題，只注意不重要的細節。

香菸愈來愈難抽，好像吸煤炭！

太大桶了！浪費水！

經濟不景氣。
有菸抽就不錯啦！
你別捨本逐末了！

肺癌末期，能活著就不錯囉！
病房
嚴禁吸菸
咳
你們倆都不必再捨本逐末了！

出處　語出《呂氏春秋‧士容論‧上農》：「民舍本而事末，則不令。」指人民不務農業而從事工、商。後用以指人不求事物的根本，只重視微末小節。

烏龍教室

成語字謎 2

難度 ☆☆☆

哇！恭喜你的成語能力又向前邁進了一步。下頁的表格每四格組成一則成語，共有10組成語，請動動腦，把空格填上吧！

下方有提示喔！

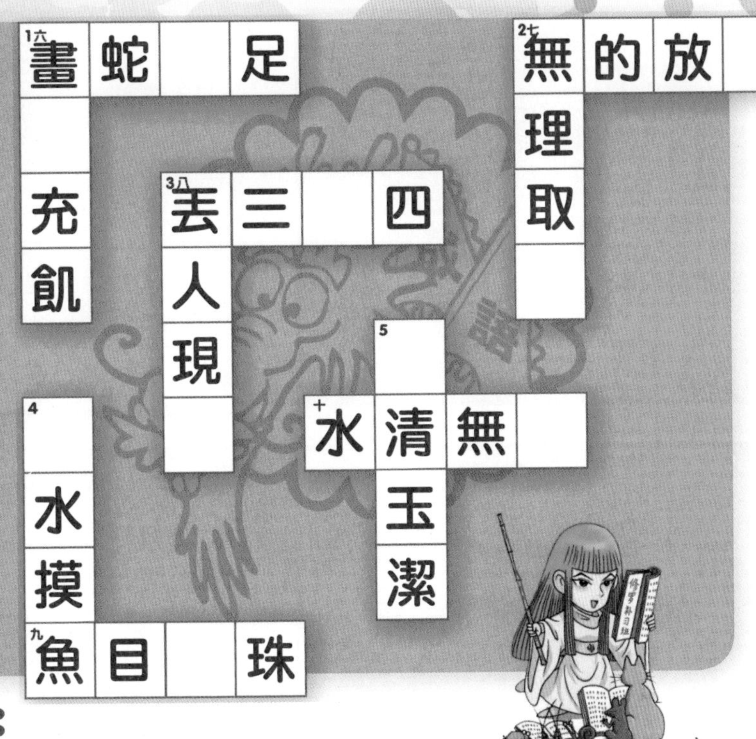

1六 畫 蛇 足
2七 無 的 放
理
取
充
飢
3八 丟 三 四
人
現
5
4
十 水 清 無
水
摸
玉
潔
九 魚 目 珠

提示：

直

1.比喻空想不切實際。

2.形容故意吵鬧。

3.比喻在旁人面前丟臉。

4.形容乘混亂時占便宜。

5.比喻人品高尚。

橫

六.多此一舉，反而將事情弄得更糟。

七.比喻無事實根據卻攻擊別人。

八.形容做事馬虎粗心。

九.用魚的眼珠混充珍珠，比喻以假亂真。

十.水太清澈，魚兒會無法生存。比喻對人要求太苛刻，會沒有朋友。

答案：1.畫餅充飢、2.無理取鬧、3.丟人現眼、4.渾水摸魚、5.冰清玉潔、6.畫蛇添足、7.無的放矢、8.丟三落四、9.魚目混珠、10.水清無魚

（這些答案都在P62～105！忘記的話快點翻到前面複習一下吧！）

筋疲力盡

⊙形容非常疲勞困乏。

聯考要到啦！拚命用功讀書！

馬拉松終點

不能睡覺！要爭取時間！
加油！加油！
兒子加油！
補

這名考生筋疲力盡暈倒啦！
家長也是筋疲力盡了！

出處

形容非常疲勞，力氣已經用盡。筋：筋骨。盡：完。亦作「精疲力竭」。語出唐・韓愈《論淮西事宜狀》：「雖時侵掠，小有所得，力盡筋疲，不償其費。」

越ㄩㄝˋ俎ㄗㄨˇ代ㄉㄞˋ庖ㄆㄠˊ
⊙超越自己原本的職責而去替代別人的工作。
POLICE

護士當醫生。
越俎代庖！

瞄準美國！
終結者氫彈
小卒當將軍越俎代庖！
投手當捕手。
捕手當裁判。
越俎代庖！

越俎代庖，亂七八糟的社會。
應該大刀闊斧的整頓！
屠夫當理髮師才是超級越俎代庖！

出處 越，超越。俎，ㄗㄨˇ，祭祀時放牲畜的木架，此指祭拜鬼神之職。庖，ㄆㄠˊ，廚房，此指烹調的工作。此語比喻超越職份，替代他人工作。語出《莊子・逍遙遊》：「庖人雖不治庖，尸祝不越樽俎而代之也。」庖人，官名，掌膳饈。尸祝，祭祀時主讀祝文者。樽俎，盛，酒食之器。

惹ㄖㄜˇ事ㄕˋ生ㄕㄥ非ㄈㄟ
⊙製造事端，引起是非。
啦啦……

皮皮是全校最調皮的學生。

每天惹事生非，害得我胃痛！
孩子們活潑好動。
你要多付出愛心。

老師早
嚇！
你……你……還……有胃藥嗎？

出處

語出《喻世明言・宋四公大鬧禁魂張》：「如今再說一個富家，安分守己，並不惹事生非。」

飽食終日

ㄅㄠˇ ㄕˊ ㄓㄨㄥ ㄖˋ

⊙整天吃飽飯，什麼事也不做。

下一餐吃什麼?

好香噢！
這是什麼菜？

真討厭！
每天問，就只知道吃！
這叫作
飽食終日！
……

好香噢！
這是什麼菜？
他說是「飽食終日」。
嗯？
呵～～我……不……

出處

指整天只知道吃喝得飽飽的，無所事事。常與「無所用心」連用。語出《論語・陽貨》：「飽食終日，無所用心，難矣哉！」

對(ㄉㄨㄟˋ)牛(ㄋㄧㄡˊ)彈(ㄊㄢˊ)琴(ㄑㄧㄣˊ)

⊙比喻對不懂道理的人講道理。

我在此向各位大聲疾呼！
地球不容許我們再破壞了！

我們要徹底做好環保的工作，徹底的做好垃圾分類，資源回收，創造一個新環境。
你講的太好了！
散會囉！
回家吧！

「對牛彈琴」還不足以比喻我對此事的失望心情！
保護環境
人人有責

出處

語出《弘明集・卷一・漢・牟融・理惑論》：「公明儀為牛彈〈清角〉之操，伏食如故。非牛不聞，不合其耳矣。」

挑！
切！
刮！
剁！
剖！
砍！
壓！
劈！

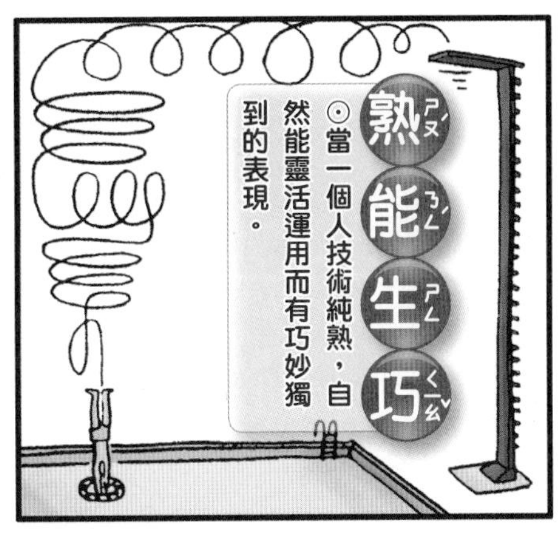

熟ㄕㄡˊ能ㄋㄥˊ生ㄕㄥ巧ㄑㄧㄠˇ

⊙當一個人技術純熟，自然能靈活運用而有巧妙獨到的表現。

我一刀能把雞分成八塊！

刀法若能融會貫通，
自然就能熟能生巧！

我一刀能把八塊合成一塊！
哇！熟能生巧！
外科
咕

出處

語出宋・歐陽修《歸田錄》：「康肅問曰：『汝亦知射乎？吾射不亦精乎？』翁曰：『無他，但手熟爾。』」或見於《朱子語類・朱子・自論為學工夫》：「看來百事只在熟。且如百工技藝，也只要熟，熟則精，精則巧。」

養虎遺患

⊙縱容敵人或惡人，給自己帶來後患。

黑旗大將軍竟敢違旨抗命！

此人原本就心術不正，皇上還寵愛有加。
皇上養虎遺患。

不如將他撤職查辦，由我來接任。
太監也想當將軍？
養鼠遺患！
BOB
請皇上明鑑！

出處

語出《史記・項羽本紀》：「今釋不擊，此所謂養虎自遺患也。」

鋌ㄊㄧㄥˇ而ㄦˊ走ㄗㄡˇ險ㄒㄧㄢˇ
⊙在環境的逼迫下，做出冒險的行動。

又窮又餓，乾脆橫刀扮強盜！
這豈不是「鋌而走險」！

英雄饒命呀！
我只是出來為病妻找地瓜吃的！

這把刀拿去典當買肉給她吃！
老公你太鋌而走險了！
要不然怎麼能騙到寶刀！

鋌，ㄊㄧㄥˇ，疾走。用以指稱被環境所迫而做出越軌或冒險之事。
語出《左傳‧文公十七年》：「鋌而走險，急何能擇。」

濫ㄌㄢˋ竽ㄩˊ充ㄔㄨㄥ數ㄕㄨˋ
⊙裝模作樣，冒充內行的人。
汪！
内有恶犬

立法院又在打架了！

有些委員根本就是在混日子！
簡直是濫竽充數！
你的牙科診所生意好嗎？

不瞞你說！
我沒執照，賺一個是一個。
原來你也是濫竽充數！

出處

典出《韓非子・內儲說》：「齊宣王使人吹竽，必三百人。南郭處士，請為王吹竽。宣王說之，廩食以數百人。宣王死，湣王立，好一一聽之，處士逃。」濫，不合標準。竽，音ㄩˊ，樂器名，笙類。比喻無其才而居其位，不過是充數而已。

花果山潑猴又來鬧天宮！
哎呀！

螳臂當車

ㄊㄤˊ ㄅㄧˋ ㄉㄤ ㄐㄩ

⊙比喻一個人自不量力，去和強大的勢力對抗。

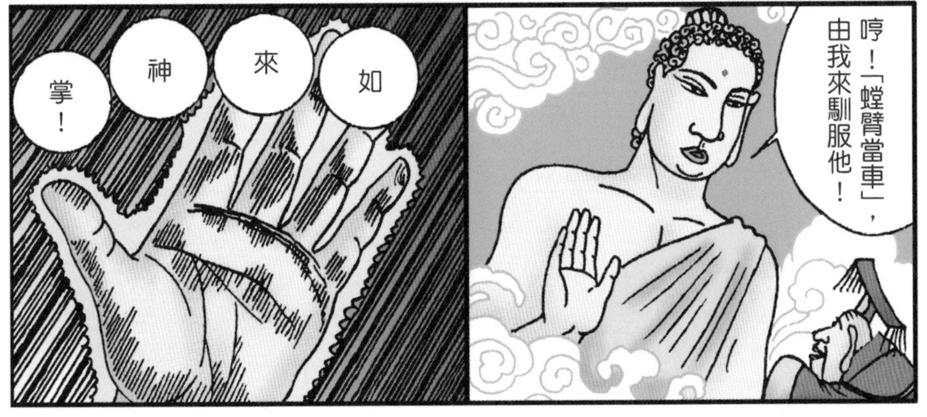
哼！「螳臂當車」，由我來馴服他！
如
來
神
掌！

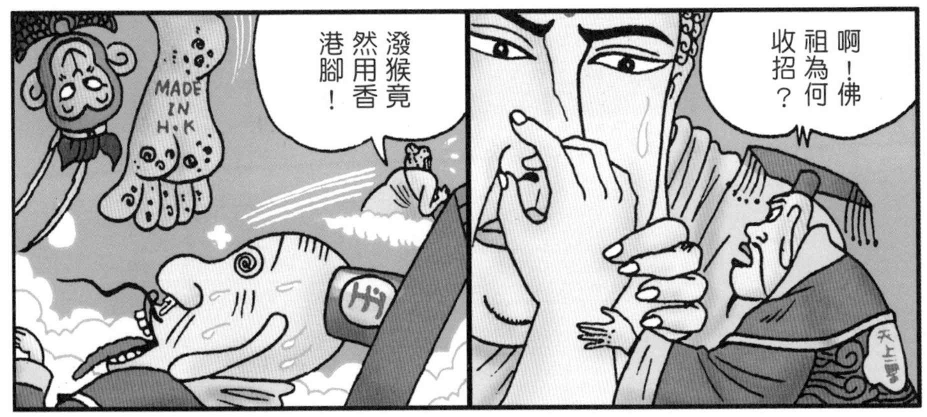
啊！佛祖為何收招？
潑猴竟然用香港腳！
MADE IN H.K

出處

亦作「螳臂擋車」。

語出莊子《人間世》：「汝不知夫螳螂乎？怒其臂以當車轍，不知其不勝任也。」當，通「擋」。

蠢ㄔㄨㄣˇ蠢ㄔㄨㄣˇ欲ㄩˋ動ㄉㄨㄥˋ
⊙準備有所行動做出擾亂的事來。
AWOOO

狼煙四起，番邦蠢蠢欲動。

入京面聖共商軍機。

喂！你膽敢蠢蠢欲動？
!

番邦奸細已經混入宮中了嗎？
只是我孫子想偷吃番茄！

出處

蠢，音ㄔㄨㄣˇ，蟲類蠕動的樣子。
語出《左傳・昭公二十四年》：「今王室實蠢蠢焉，吾小國懼矣。」比喻人意圖為害作亂。

鶯聲燕語
⊙形容春天的鳥叫聲。
⊙比喻女子悅耳的聲音。

好有磁性的歌聲。

有如鶯聲燕語，令人陶醉。
啊！好悅耳的鳥叫聲！

是什麼珍禽能叫出這麼動人的聲音。
我奶奶！

出處

語出元・關漢卿《金線池》：「嫋娜複輕盈，都是宜描上翠屏，語若流鶯聲似燕，丹青，燕語鶯聲怎畫成？」

驚(ㄐㄧㄥ)惶(ㄏㄨㄤˊ)失(ㄕ)措(ㄘㄨㄛˋ)

⊙因恐懼而失常態，不知該怎麼做才好。

不許動！這是搶劫！

瞧他們驚惶失措的樣子。
錢到手了。
快點開車離開。

銀行
車子被偷啦！
瞧他們驚惶失措的樣子。

出處

驚惶，即驚懼惶恐。失措，就是失去了應付的能力。

語出《北齊書・元暉業傳》：「孝友臨刑，驚惶失措，暉業神色自若。」

一二
1 2
8 9
15 16
22 23
29 30

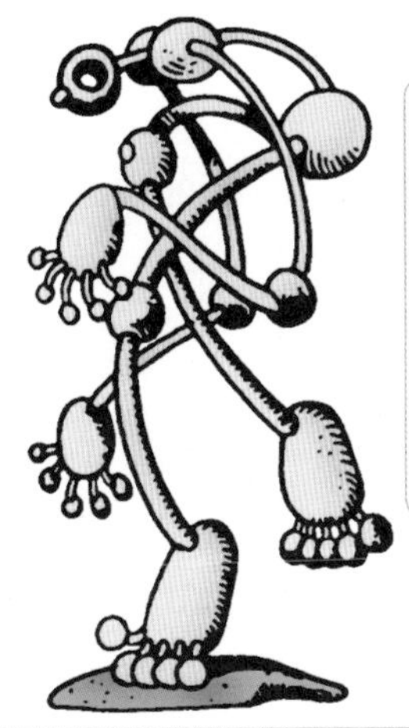

躡手躡腳
⊙形容謹慎行走，不使人發現。

你躡手躡腳的幹什麼？
請你別報警！拜託！拜託！

你們兩個躡手躡腳的幹什麼？
原來你也是個賊！

出處 形容行動小心翼翼、不敢聲張。語出《紅樓夢》第二十七回：「只見那一雙蝴蝶，忽起忽落，來來往往……倒引的寶釵躡手躡腳的，一直跟到池中滴翠亭上……」也比喻生疏、拘束。語出《二十年目睹之怪現狀》第九十九回：「初出去的時候，總有點躡手躡腳的，等歷練得多了，自然純熟了。」

一言九鼎
ㄧˋ ㄧㄢˊ ㄐㄧㄡˇ ㄉㄧㄥˇ
⊙一個人講話份量夠重，別人都會聽從。

我看這件事只有請大人出面才行。

因為大人一言九鼎，群眾們最服您了！
想不到我在他們心目中這麼有份量。

有什麼事要我出面的。
猛犬在門口方便，您去說說牠吧！

出處

鼎，三代傳國的重器。此語用以比喻一個人說話極有份量。
語出《史記・平原君虞卿列傳・平原君》：「毛先生一至楚，而使趙重於九鼎大呂。」

守ㄕㄡˇ口ㄎㄡˇ如ㄖㄨˊ瓶ㄆㄧㄥˊ
⊙言語非常謹慎，不輕易洩露祕密。
一問三不知
兵

石頭城
進入了漢軍陣地，要立刻打聽清楚！

請問……
對不起！我什麼都不能說！
拜託！拜託！請你告訴我好嗎？
不行！我什麼都不能說！

哈哈！我軍紀律嚴明，軍士個個守口如瓶，
不說就算了！我只想問一下廁所在哪裡！

出處

語出《法苑珠林．懲過篇．引證部》：「譬如金山窟，狐兔所不敢停；渟淵澄海，蛙龜所不肯宿。故知潔其心而淨其意者，則三塗報息四德常滿。防意如城，守口如瓶。」

完璧歸趙
⊙比喻原物歸還的意思。

秦王，你對我趙國言而無信……

大膽，竟敢冒犯本王！

我就與和氏璧一起同歸於盡吧！

使不得！我答應你完璧歸趙！
哼！

拜託你的臭頭別撞壞我的玉柱。

出處

典出《史記・廉頗藺相如列傳》：「相如曰：『王必無人，臣願奉璧往使。城入趙而璧留秦；城不入，臣請完璧歸趙。』」

約ㄩㄝ法ㄈㄚˇ三ㄙㄢ章ㄓㄤ
◎用法則互相約束大家共同遵守。
你輸定了！
你才快完了！
論劍坪

比武要重武德，大家要遵守規矩。
好！咱們就約法三章！
對！犯規的就是烏龜！

這三章裡，每章分六回，每回分十二節，每節分二十四個重點……
都唸了一天啦！
第四節第一點
我寧願當烏龜。

出處 語出《史記・高祖本紀》：「吾與諸侯約，先入關者王之，吾當王關中。與父老約法三章耳：殺人者死，傷人及盜抵罪。」

一鼓作氣
⊙比喻一開始做事，最是精神興奮，全力向目標前進。
古人說：「一鼓作氣，再而衰，三而竭。」

凡事要一鼓作氣，才會有精神。
我一鼓作氣把糰糬統統吃光！

哎唷！
肚子好痛喲！
嗚～
痛痛！
哇～
活該！把藥一鼓作氣喝了。
魂

出處 語出《左傳‧莊公十年》：「夫戰，勇氣也，一鼓作氣，再而衰，三而竭。彼竭我盈，故克之。」

這次一定要偷到祕笈。
害怕的是烏龜。

不入虎穴
焉得虎子
⊙比喻不去大膽行動，就不能得到大成果。

不入虎穴，焉得虎子。
哇！真的有老虎！

快溜呀！
別拉我！
老虎來啦！
喵

出處

不進入老虎洞，怎麼能捉到小老虎？虎穴：指非常危險的地方。是一句對人對己的鼓勵語。
語出《東觀漢記・班超傳》：「不探虎穴，不得虎子。」

外國的新軟體日新月異。
PHOTOSHOP
CORELDRAW

=3=3=3

不甘示弱 ㄅㄨˋ ㄍㄢ ㄕˋ ㄖㄨㄛˋ

⊙做事不甘落人之後，不願差人一等。

我不甘示弱！
將來一定要研發出自己的軟體。
隔壁那家又有新軟體啦！
我不甘示弱！

想不到哥哥比我還要上進！
大補帖三張一百？你破壞行情！
你賣一張50！我才不甘示弱。

出處

甘：甘心。示：顯示、表示。

語見《左傳・僖公八年》：「晉敗狄於桑，梁由靡曰：『從立，必大克。』克里曰：『懼之而已，無速眾狄。』虓，音ㄒㄧㄠ。射曰：『期年狄必至，示之弱矣！』」

中ㄓㄨㄥ流ㄌㄧㄡˊ砥ㄉㄧˇ柱ㄓㄨˋ
⊙一個人能夠不同流合污，而能獨立擔當大任。
任
重
重
任

列強把鴉片輸入中國釀成毒害！
朕要大力革新重振大清！
清
清

皇上能體念時艱，真是中流砥柱。
但是太后的毒癮您抵得住嗎？

兒子！我的鴉片膏吸完啦！
再輸入一些吧！
大清國亡矣！

出處

砥柱，山名，在晉豫交界之黃河中央。
語出《晏子春秋‧內篇‧諫下》：「吾嘗從君濟于河，黿銜左驂，以入砥柱之中流。」

毛遂自薦

ㄇㄠˊ ㄙㄨㄟˋ ㄗˋ ㄐㄧㄢˋ

⊙自告奮勇，推薦自己。

敵人的碉堡仍在做困獸之鬥。

派兵去炸掉它。
不行呀！死傷會很慘重。
長官，我能不能毛遂自薦來執行這個任務？

你是炊事兵，要如何去面對猛烈的火砲？
來喲！生魚片、壽司、味噌湯！

出處

典出《史記‧平原君虞卿列傳‧平原君》：「門下有毛遂者，前，自贊於平原君……今少一人，願君即以遂備員而行矣。』」秦國出兵攻打趙國，包圍邯鄲。趙王派平原君帶二十人前往楚國求援。平原君只選出十九個，剩下的都不符合條件。有一個名叫毛遂的門人主動自我推薦，請求加入前往楚國的行列。

搶劫呀！

見ㄐㄧㄢˋ義ㄧˋ勇ㄩㄥˇ為ㄨㄟˊ

⊙稱讚人見到該做的事，能奮勇去做。

我要感謝你的見義勇為。
不必了！
我還有急事！

別逃！

感謝你見義勇為抓到逃犯！
…

跌
呵
哎

出處

語出《論語・為政》：「見義不為，無勇也。」比喻看見應做之事，便奮勇而為。

初生之犢不畏虎

⊙比喻年輕人遇事勇往直前不畏懼。

長眉！我找你挑戰！

初生之犢不畏虎！

你得先過我這一關！

初生之犢不畏虎！

讓我來對付他！

慢著！

這個交給我！

哇！剛出生的！

出處

剛生下來的小牛，因不識老虎的威猛而不懼怕老虎。也作「初生之犢不怕虎」。用以比喻缺少經驗，但大膽勇敢，敢做敢為。語出明・羅貫中《三國演義》第七十四回：「俗云：『初生之犢不懼虎。』」

赴湯蹈火
⊙勇往直前的去完成任務。

朕有件事要勞駕包將軍。

皇上英明，臣赴湯蹈火在所不辭！
對了！
就是赴湯蹈火！
笨皇帝要我去打蠻族？

還是要我南征沙漠？

天哪，我太可憐了。

唉！老來走衰運。
完了。
毀了。

請你把這塊舊匾額找個工匠修補一下。
皇上萬歲！
赴湯蹈火

出處

語出《漢書・爰盎鼂錯傳》：「故戰勝守固則有拜爵之賞，攻城屠邑則得其財鹵以富家室，故能使其眾蒙矢石，赴湯火，視死如生。」

捨（ㄕㄜˇ）生（ㄕㄥ）取（ㄑㄩˇ）義（ㄧˋ）

⊙為了維持正義，不顧慮自己的生命。

快說！
祕笈藏在那裡？

如果不說，就先宰了你師弟！
要殺他之前，請先把我殺了！
動刀吧！

看不出烏龍院的弟子是位捨生取義的好漢。
沒有師弟幫我寫數學，我活著也受罪。

出處

語出《孟子・告子上》：「生亦我所欲也，義亦我所欲也。二者不可兼，舍生取義者也。」兼，是同時得到。舍，同「捨」。

視死如歸
ㄕˋ ㄙˇ ㄖㄨˊ ㄍㄨㄟ
⊙形容勇敢不怕死的意思。

男子漢大丈夫。
有不怕死的勇氣。
LAMBO

為了打敗邪魔，我有視死如歸的決心。

為了達成心願，再多死幾次也不畏懼！

此刻內心充滿著旺盛鬥志要面對邪魔。

哇！完蛋！又死了一次！好可惡呀……
轟轟轟

出處

語出《管子・小匡》：「平原廣牧，車不結轍，士不旋踵，鼓之而三軍之士視死如歸。」
轍，音ㄔㄜˋ，車輪經過的痕跡。踵，音ㄓㄨㄥˇ，腳跟。

鋭不可當
⊙形容其勢凶猛，不易抵擋。

鬼面將軍的兵馬銳不可當。

此時出現一頭呆驢直闖陣中！
而且有如入無人之境。
KOLO
KOLO
KOLO

所到之處大將紛紛走避。
KOLO
KOLO

何方人物能如此的銳不可當？

他是壽具店老闆。
將軍打七折，你是多少尺寸？
衰氣

出處

形容勇往直前的氣勢，無法阻擋。銳：銳利，比喻銳氣。當：抵擋。語出《史記・淮陰侯列傳》：「聞漢將韓信涉西河，虜魏王，禽夏說，新喋血閼與，今乃輔以張耳，議欲下趙，此乘勝而去國遠鬥，其鋒不可當。」

我立志要做個行俠仗義的劍客！

畏ㄨㄟˋ首ㄕㄡˇ畏ㄨㄟˋ尾ㄨㄟˇ
⊙形容顧慮害怕的事太多，不敢放手去做。

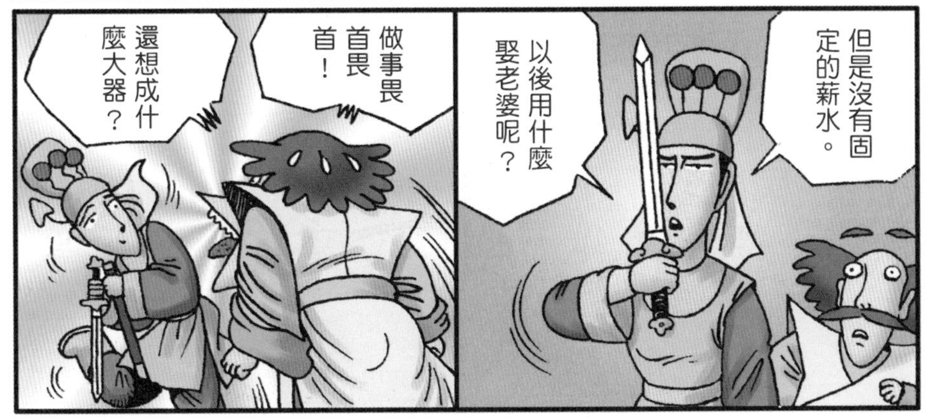
但是沒有固定的薪水。
以後用什麼娶老婆呢？
做事畏首畏首！
還想成什麼大器？

好！我明天就到武林揚名立萬。
萬一被砍傷了，我可以看勞保嗎？

出處

語出《左傳・文公十七年》：「古人有言曰：『畏首畏尾，身其餘幾？』」畏，音ㄨㄟˋ，害怕。形容一個人顧及太多，猶豫不決，且有怕事之意。與「瞻前顧後」相同。

百ㄅㄞˇ折ㄓㄜˊ不ㄅㄨˋ撓ㄋㄠˊ
◎屢遭困難，還是勇往直前。
大怪龍，不可以欺負女生！
！
快把牠趕走！

我不會認輸的！
我還是不認輸。
好固執的傢伙。

你這個傻瓜真是有百折不撓的精神。
我只是來收她欠我的六個月房租。
為什麼不早說呢？

出處

語出漢・蔡邕〈太尉喬玄碑〉：「有百折不撓，臨大節而不可奪之風。」

破ㄆㄛˋ釜ㄈㄨˇ沉ㄔㄣˊ舟ㄓㄡ

⊙下定決心，勇往直前，堅持到底的精神。

想立志做個漫畫家。
先要有破釜沉舟的無畏精神。

要忍受創作的孤獨！
趕稿的煎熬，催稿的折磨！

還要能忍受三餐吃泡麵，七天不洗澡的奮鬥！

師父！我們已經有了破釜沉舟的決心！
!
改行去當忍者囉！

出處

釜，音ㄈㄨˇ，炊飲的器具，破釜沉舟，把鍋打玻，把船鑿沉。今多用以形容一往直前、視死如歸、義無反顧的精神。語出《史記‧項羽本紀》：「乃悉引兵渡河，皆沉船，破釜甑，燒廬舍，持三日糧，以示士卒必死，無一還心。」

殺犀牛賣犀角！

殺雞取卵
⊙為了貪取眼前暴利，不惜斷絕根本。

毀森林取木材！
我很厭惡你這種殺雞取卵的心態！

火燒房子啦！
剛好可以烤香腸。

出處

典出《伊索寓言‧生金蛋的雞》。一對貪心的農夫夫妻養了一隻母雞，每天都會下一顆金蛋，便以為這隻母雞的肚子裡藏有一大塊金子。為了得到金塊，農夫和他的妻子把母雞殺了，結果發現母雞肚裡什麼都沒有。比喻為貪圖眼前的好處而斷絕了長遠的利益。

飲ㄧㄣˇ鴆ㄓㄣˋ止ㄓˇ渴ㄎㄜˇ

⊙一個人只圖一時之快而不管其導致的禍害。

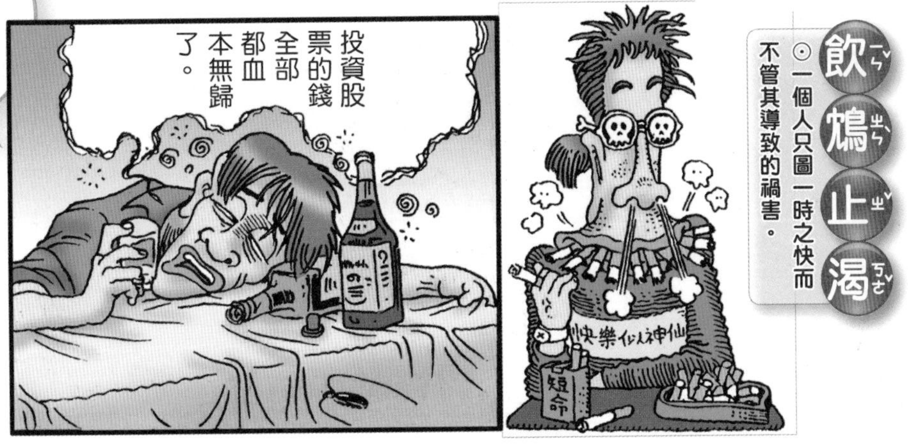

投資股票的錢全部都血本無歸了。
快樂似神仙
短命

你借酒消愁簡直是飲鴆止渴。
保有健康的身體才能東山再起。

可是我連你的嫁妝也全輸光啦！
喝酒太慢了，乾脆灌農藥吧！

出處

鴆，音ㄓㄣˋ，毒酒。語出《後漢書・楊李翟應霍爰徐列傳》：「譬猶療飢於附子，止渴於酖毒，未入腸胃，已絕咽喉，豈可為哉！」

十ㄕˊ惡ㄜˋ不ㄅㄨˋ赦ㄕㄜˋ
⊙一個人罪大惡極，不能饒恕。
我是沙漠大盜。
連禿鷹也怕我三分。
請你留下買路錢
大盜留

「十惡不赦」還不足以形容我的壞。
BRT
BRT
BRT
BRT
BRT
天理王法能奈我何？哈哈哈！我是神！吔！

哼！夜郎自大。
沒有我，看你怎麼當沙漠大盜。
哇！你是隻「十惡不赦」的壞駱駝。

出處

語出《隋書・刑法志》：「又置十惡之條，多採後齊之制，而頗有損益。一曰謀反，二曰謀大逆，三曰謀叛，四曰惡逆，五曰不道，六曰大不敬，七曰不孝，八曰不睦，九曰不義，十曰內亂。犯十惡及故殺人獄成者，雖會赦，猶除名。」

大ㄉㄚˋ逆ㄋㄧˋ不ㄅㄨˋ道ㄉㄠˋ
⊙形容人罪大惡極，做出違背常理的事。

我反對母后用建軍的錢來蓋頤和園。

你這是大逆不道！
不過，我體念你憂國心切。既然是建軍的錢那就算了！

多謝母后為國家大計著想！
那就向全民徵收「感恩稅」來蓋花園。

出處

大逆，叛逆之事。不道，不合常理。用以形容一個人罪大惡極。語出《史記，高祖本紀》：「項羽放殺義帝於江南，大逆無道。」

天ㄊㄧㄢ 誅ㄓㄨ 地ㄉㄧˋ 滅ㄇㄧㄝˋ

⊙形容某一罪行，會被天所誅殺、地所滅亡。

我若出賣祖國，願遭「天誅地滅」。

五雷轟頂
假藥

你早已勾結賊黨，還敢對天發毒誓！

轟！！

可是這不關我副官的事呀！
他們是敵方派來臥底的！
你這天誅地滅的傢伙！

出處

誅，ㄓㄨ，殺。此語用以強調言行將為天地所不容，常用於對人發誓時。
語出宋・朱暉《絕倒錄・養脾丸》：「不使丁香、木香合，則天誅地滅。」

引狼入室

⊙比喻開門揖盜，自招禍事。

天堂
姊姊，小野狼到我們家玩。

哇！妳怎麼可以引狼入室！
他雖然是狼，但是他並不壞。

妳的情郎比狼更狼！

出處

比喻自己把敵人或壞人引進來。引：引導、招引。語出元‧賈仲名《對玉梳》第二折：「若是娶的我去家中過，便是引得狼來屋裡窩。俺這粉面油頭，便是非災橫禍。」

毛手毛腳

ㄇㄠˊ ㄕㄡˇ ㄇㄠˊ ㄐㄧㄠˇ

⊙形容一個人的行為粗鄙下流。

TAXI

真可惡！
暗巷色狼殺害婦女。

這種爛人會遭到報應的。
啊！
被他盯上了！

美姑娘！
妳別急著走嘛！
貓女！
你想和我玩毛手毛腳嗎？

出處

形容做事粗率慌張，不仔細。語出《三俠五義》第七十六回：「但凡有點毛手毛腳的，小人決不用他。」也形容男女間輕浮的行為。語見《花月痕》第九回：「每人身邊坐一個，毛手毛腳的，醜態百出，穢語難聞。」

成語字謎 3

烏龍教室

難度 ★★★

讀到這裡，相信你已經對成語用法愈來愈有自信！奠定良好基礎後，很多知識都可以觸類旁通、自在運用喔！下頁的表格裡，共有10組成語缺字填空，快來動動腦，把空格補上吧！

下方有提示喔！

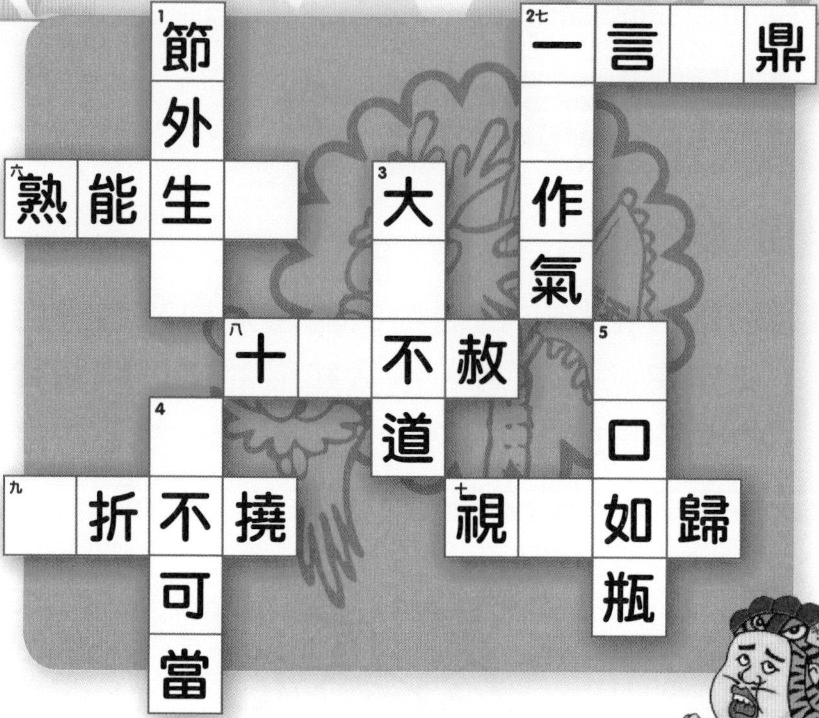

		1 節					2七 一	言		鼎
		外								
六 熟	能	生			3 大		作			
							氣			
			八 十		不	赦		5		
		4			道			口		
九	折	不	撓			十 視		如	歸	
		可						瓶		
		當								

提示：

1.枝節上又生出分枝，形容別生事端。

2.比喻做事時要趁一開始的勇氣去做，才會成功。

3.指謀反背叛，罪惡深重。

4.形容氣勢無敵。

5.形容人能夠嚴守祕密。

六.做事熟練後，便能領悟到竅門所在。

七.形容說話很有信用。

八.比喻罪大惡極，不可原諒。

九.意志堅強，即使受到多次挫折，仍然不屈服。

十.形容為了追求理想不怕死，無所懼怕。

（這些答案都在P108～146，忘記的話快點翻到前面複習一下吧！）

答案：1.節外生枝、2.一鼓作氣、3.大逆不道、4.銳不可當、5.守口如瓶、6.熟能生巧、7.一言九鼎、8.十惡不赦、9.百折不撓、10.視死如歸

恭喜蔡捕頭破了土匪寨子。
和氣生財

JAPAN

令人髮指

ㄌㄧㄥˋ ㄖㄣˊ ㄈㄚˇ ㄓˇ

⊙一個人不好的行為，讓大家非常憤怒。

他們的惡行令人髮指。
能繩之以法真是大快人心。
只不過……
他們被抓以後，咱們店裡的金子就缺貨囉！

就是嘛！他們提供的貨色又純又便宜。
收買贓物才最令人髮指！

出處

髮指，極度生氣，所以頭髮根根豎起。
語出《莊子・盜跖》：「謁者入通，盜跖聞之大怒，目如明星，髮上指冠。」

吃（ㄔ）裡（ㄌㄧˇ）扒（ㄆㄚ）外（ㄨㄞˋ）

⊙不忠於所屬的團體，反而偷偷幫助外人。

盜賣國寶！吃裡扒外！

YASA!
吃裡扒外！騙我錢搞骨董！
KU

吃裡扒外！勾結洋人耍我！

統統是吃裡扒外！統統關十年！

紅包一千萬，少關十年！
哇！
超級的吃裡扒外！

出處

指站在某一方，享受其好處，卻又在背地裡為另一方辦事。

衣ㄧ冠ㄍㄨㄢ禽ㄑㄧㄣˊ獸ㄕㄡˋ
⊙指責人的行為卑鄙無恥。

壞男人拋棄了我，還騙走了我的積蓄。
這種衣冠禽獸要好好教訓！

是你！
就是他！
當年拋棄我和狐狸精跑了！

原來你就是那個狐狸精！
祝你們這對衣冠禽獸永浴愛河。

出處

外表服飾整齊，但行為有如禽獸。用以謾罵人的行為卑劣。語見明‧陳汝元《金蓮記》第七齣：「人人罵我做衣冠禽獸，個個識我是文物穿窬，孔子見了慌忙答禮，道我不是他的高徒。」穿窬（ㄩˊ），穿壁越牆。

明知故犯

⊙知道不能這樣做，卻故意去違犯。

傾倒垃圾
禁止在此

啊！你在偷看我的日記？

快還我！
真是沒水準！
你明知故犯！
我要去告訴師父！

胖師父在偷看大師兄的日記！
大師父在偷看胖師父的日記！
大人都明知故犯。

出處

語出宋‧陳世崇《隨隱漫錄》：「蓋不識好惡，如童稚，如醉人，雖有罪可赦；若知而故犯，王法不可免也。」

為ㄨㄟˋ虎ㄏㄨˇ作ㄗㄨㄛˋ倀ㄔㄤ
⊙比喻幫惡人做壞事。

傳說被老虎咬死後的鬼魂，常會幫忙老虎出來害人。
虎
探

虎爺！我發現一個渾身是肉的醉漢。
太棒了！今天可以飽餐一頓了！

臭貓咪！你把我吵醒幹什麼？
真要命！你怎麼會找上武松呢？

倀，音ㄔㄤ，傳說中被虎吃掉後又供虎使喚的鬼。指被虎咬死的人，靈魂將化為鬼而為虎所役使。語出唐・裴鉶《傳奇》：「此是倀鬼，被虎所食之人也，為虎前呵道耳。」

乘人之危

⊙趁他人處境危急時，去打擊對方。

漢朝在鬧內亂。
出兵去掠奪一番。

這是乘人之危！
有失王者之風！
但是…
我國的糧食也極為缺乏……

你先給我加薪，我自有妙計。
你才是「乘人之危」總冠軍！
汪汪汪

出處

語出《初刻拍案驚奇》：「敬聞利人之色不仁，乘人之危不義。」

甲族屢犯邊界，要想辦法征服他們。

借ㄐㄧㄝˋ刀ㄉㄠ殺ㄕㄚ人ㄖㄣˊ
⊙借別人的力量摧毀對手，而自己卻置身事外。

我建議採用借刀殺人之計！
好主意！
去賄賂乙丙兩族，叫他們互相殘殺。

借刀殺人之計進行的如何了？
他們嫌錢太少沒面子，聯合要求加價！

出處

語出明・汪廷訥《三祝記・造陷》：「朝廷欲選將興師，恩相明日表奏仲淹為環慶路經略招討使，以平元昊，這所謂借刀殺人，又顯得恩相以德報怨。此計何如？」

害群之馬

⊙比喻一個破壞團體的敗類。

害群之馬
水泥未乾

貪官污吏是廉明政府的害群之馬。
清廉

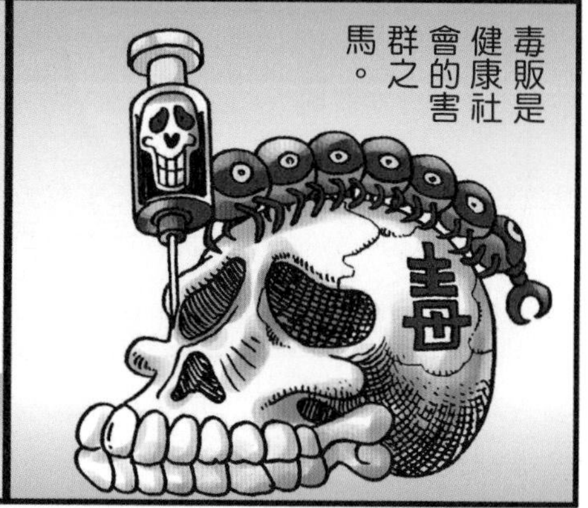
毒販是健康社會的害群之馬。
毒

攤販是乾淨街道的害群之馬。
保證衛生
鹽酥雞
三件一百

又不會跑又不會跳！
每天只會搖搖晃晃的傻笑！
你這隻人造的害群之馬。

可簡稱為「害馬」。用來比喻團體中的敗類。語出《莊子・徐无鬼》:「夫為天下，亦奚異乎牧馬者哉？亦去具害馬者而已矣。」牧馬，養馬。

狼ㄌㄤˊ狽ㄅㄟˋ為ㄨㄟˊ奸ㄐㄧㄢ
⊙比喻兩個人聯合在一起做壞事。

聽說烏龍院裡有寶藏！
咱倆合作幹一票！

這裡有個大箱子！
一定就是藏寶庫。
嘿！還挺沉重的！
大概是黃金！

快把鎖打開。
我們發財啦！
喔嗚！好新鮮的空氣呀！

出處

語出唐・段成式《酉陽雜俎・毛篇》：「或言狼、狽是兩物，狽前足絕短，每行常駕兩狼，失狼則不能動，故世言事乖者稱『狼狽』。」狼與狽相互搭配，傷害人命。後比喻互相勾結做壞事。

草ㄘㄠˇ菅ㄐㄧㄢ人ㄖㄣˊ命ㄇㄧㄥˋ
⊙比喻一個殘暴的人不重視人命，輕易殺人。

沙大鬍是名草菅人命的悍匪。

哇！中彈啦！
用直昇機來救我？

一定是畏懼我沙大鬍殺人如麻的威名……
將他所有的器官移植給傷兵。
樂極生悲哇！

出處

語出《大戴禮記・保傅》：「故今日即位，明日射人，忠諫者謂之誹謗，深為計者謂之訞誣，其視殺人若艾草菅然。」菅，一種多年生的野草。比喻輕視人命，任意加以殘害。

偷天換日
ㄊㄡ ㄊㄧㄢ ㄏㄨㄢˋ ㄖˋ
⊙比喻詐騙手法的高明。

現在的騙子很厲害，所以錢財一定要小心。

師父太多心了，我這麼聰明的人，怎麼會被騙呢？
快把令師的東西交給我吧！

咦？你兒子剛才已經拿走啦！
我兒子？
我生的都是女兒，哪裡來的兒子？

出處

語出《群音類選・官腔類・竊符記・如姬竊符》：「向宸軒睿居，向宸軒睿居，偷天換日，強似攜雲握雨。」

哇！沒事
賊

掩耳盜鈴

⊙做事以為瞞得住別人，其實是自己騙自己。

糟糕！
老師家的窗戶！

都是你沒接好！
是你在亂投！
吵也沒用！玻璃還是破的。
我來想辦法！
45

太完美了！
我真天才！
沒有人會知道是誰打破的！
兩個掩耳盜鈴的傻瓜。
老師：玻璃不是我們打破的。皮皮 笨龜

出處

典出《呂氏春秋・不苟論・自知》：「范氏之亡也，百姓有得鍾者，欲負而走。則鍾大不可負，以椎毀之，鍾況然有音。恐人聞之而奪己也，遽揜其耳。惡人聞之可也；惡己自聞之，悖矣。為人主而惡聞其過，非猶此也。」

梁ㄌㄧㄤˊ上ㄕㄤˋ君ㄐㄩㄣ子ㄗˇ

◎指偷竊的人。

哇！家裡遭小偷啦！

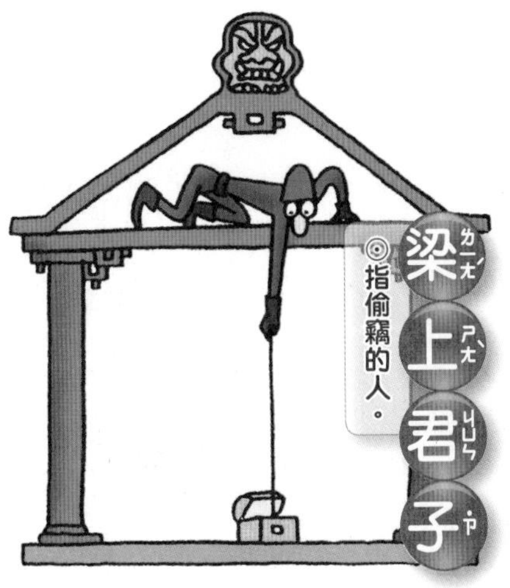

損失慘重呀！
送妳的昂貴珠寶都被偷了！
別再哭了，我還給你們吧！

多謝！
多謝！
你真是位梁上君子。
不敢當！
反正那些假珠寶也賣不了錢。
假的？
我……

出處 語出晉・華嶠《後漢書》：「夫人不可不自勉。不善之人，未必本惡，習與性成耳！如梁上君子者是矣。」

荼毒生靈

⊙形容因暴政或戰爭而傷害到人民。

調動五十萬軍隊去征服地球！
如此荼毒生靈，有損大王威名。
好吧！取消攻擊計畫。
大王英明。
既然我如此英明。
派五十萬人去給我建皇宮。
你比地球上的昏君還要荼毒生靈！

出處

荼，一種苦菜。生靈，生民、老百姓。

語出《尚書・湯誥》：「罹其凶害，弗忍荼毒。」或見唐・李華《吊古戰場文》：「荼毒生靈，萬里朱殷。」

開ㄎㄞ門ㄇㄣˊ揖ㄧ盜ㄉㄠˋ
⊙打開門請盜賊進去，必定遭受禍害。
雞城

英國人威脅要更多的租界！
洋鬼子欺人太甚！

請日本人來幫我們撐腰！
開門揖盜！萬一日本人也需索無度呢？

那就找俄國人來幫襯！
我發覺請你當大臣根本就是開門揖盜！

出處　揖，一，拱手為禮，此處作「迎接」解。用以比喻引進惡人，自與其禍。與「引狼入室」義同。語出《三國志・吳書・吳主權傳》：「今姦宄（ㄍㄨㄟˇ）在朝，豺狼滿道；乃欲哀親戚，顧禮制，是猶開門揖盜，未可以為仁也。」宄，強盜。

順手牽羊
ㄕㄨㄣˋ ㄕㄡˇ ㄑㄧㄢ ㄧㄤˊ
⊙乘機隨手偷別人的財物。

這麼小就有這種順手牽羊的壞行為。

我必須處罰你的這種惡習。
哇
大順先生是哪一位？
他就是。

你被捕了！
為何抓走我爺爺？
因為他的羊都是順手牽來的。
林
張
李
孫
錢
趙

出處

語出《禮記‧曲禮上》：「進几杖者，拂之。效馬、效羊者，右牽之；效犬者，左牽之。」以右手牽馬、羊，方便進獻。比喻方便行事，毫不費力。

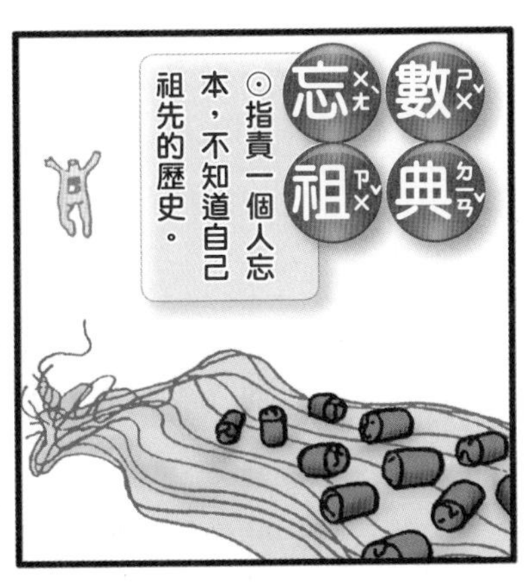
數典忘祖
⊙指責一個人忘本，不知道自己祖先的歷史。

為什麼三叉星王沒有參加邀宴？

他說上次他爸爸生日你也沒送禮物。
數典忘祖！我祖父是多照顧他爸爸的！

三環星王說你忘了歷史淵源。
你們數典忘祖我倒楣！
我祖父說他曾祖父也沒送生日禮物！

出處

語出《左傳・昭公十五年》：「籍父其無後乎！數典而忘其祖。」指列舉典故來論說事情，卻反而將自己祖先掌管典籍這件事給忘了。比喻人忘本。

橫行霸道

ㄏㄥˊ ㄒㄧㄥˊ ㄅㄚˋ ㄉㄠˋ

⊙做事不講道理，態度蠻橫的行為。

此路是我開
留下買路財

阿番從小就「橫行霸道」。
BO

追女朋友「橫行霸道」。
I ♥ YOU!

做生意也是「橫行霸道」。
阿番擔仔麵
汪

阿番！別鬧啦！
你連最後一口氣也要橫行霸道嗎？

我非得躺這副棺材才要死！
這是我的！

出處

「橫行」，不循正道而行。語出《周禮・秋官・野廬氏》：「禁野之橫行徑踰者。」「霸道」，與王道相反。指不顧仁義，以極權統治。語出《史記・商君列傳》：「吾說公以霸道，其意欲用之矣。」

聽說您犯的罪，多得數不清。
哼！

大日本帝國
罪

擢ㄓㄨㄛˊ髮ㄈㄚˇ難ㄋㄢˊ數ㄕㄨˇ

⊙比喻所犯的罪惡多得數不清。

我搶過錢。
我殺過人。
我放過火。
我偷過車。
我踢過狗。
您真是一位擢髮難數的大惡棍哪！

你呢？為什麼會被關在這裡？
我是專偷吃便當的米蟲。
哇！你好壞！

出處

語出《史記・范雎傳》：「雎責須賈曰：『汝罪有幾？』曰：『擢賈之髮，以贖賈之罪，尚未足。』」擢，音ㄓㄨㄛˊ，提、拔之意。數，音ㄕㄨˇ，計算。以頭髮之多來比喻一個人的罪行多得數不清。

馬耳東風
ㄇㄚˇ ㄦˇ ㄉㄨㄥ ㄈㄥ
⊙別人所說的話漠不關心，聽過就忘了。
禁止踐踏
水泥未乾

上學遲到了！還在賴床！
Z……

每天摸到十二點才睡，
早上也都要我叫起床！
是你在讀書，還是我在讀書？
你把我說的話都當作「馬耳東風」了嗎？

媽！今天是星期天！
煮飯要遲到了還在賴床！
囉嗦！

出處

語出唐・李白〈答王十二寒夜獨酌有懷〉：「世人聞此皆掉頭，有如東風射馬耳。」東風吹過馬耳邊，瞬間消逝。比喻充耳不聞、無動於衷。

掉以輕心
⊙做事不用心，無法把事做好。

今天要聯考了！千萬不可掉以輕心。

爸別擔心！我有萬全準備！
那我就放心了。
天哪！我竟然忘了帶…

忘了帶准考證？
小抄。

掉，隨便。用以形容人做事態度隨便，不夠慎重。語出唐・柳宗元〈答韋中立論師道書〉：「故吾每為文，未嘗敢以輕心掉之，懼其剽而不留也。」剽，ㄆㄧㄠˋ，抄襲。

上(ㄕㄤˋ)行(ㄒㄧㄥˊ)下(ㄒㄧㄚˋ)效(ㄒㄧㄠˋ)

⊙領導者怎樣做，被領導者就會跟隨效法。

酒後駕車最危險！

吐
吐

這都是跟我爸爸學的！
上行下效的壞榜樣！

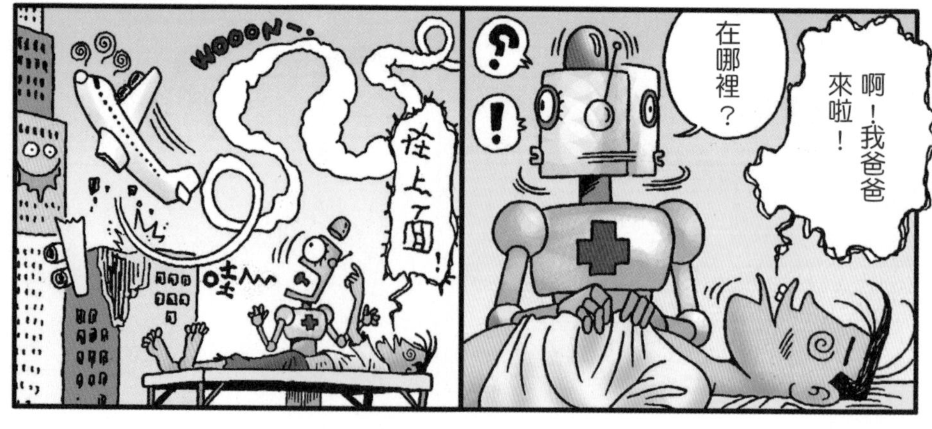
啊！我爸爸來啦！
在哪裡？
?
!
WOOON~.
在上面！
哇

出處

語出漢・班固《白虎通・三教》：「教者，何謂也？教者，效也。上為之，下效之。」

明查暗訪
ㄇㄧㄥˊ ㄔㄚˊ ㄢˋ ㄈㄤˇ
⊙光明正大的細心察看，再從暗裡詢問了解。

威武
肅靜
治安人員不能老是坐在辦公室裡！
要多去和民眾接觸！

要明查暗訪才能了解民怨！
三個月後——
嗯！
調查的很徹底！
報告

蔘藥鋪
不知民怨是否有所改善？
早上來、晚上來！煩都煩死啦！
唉！公僕難為！

出處

以公開或祕密等各種方式加以查訪。語見《痛史》第十一回：「我住在此處，徒占一席。於事無濟，倒不如仍然到外面去，明查暗訪，遇了忠義之士。英雄之流，也可以介紹他到這裡來。」

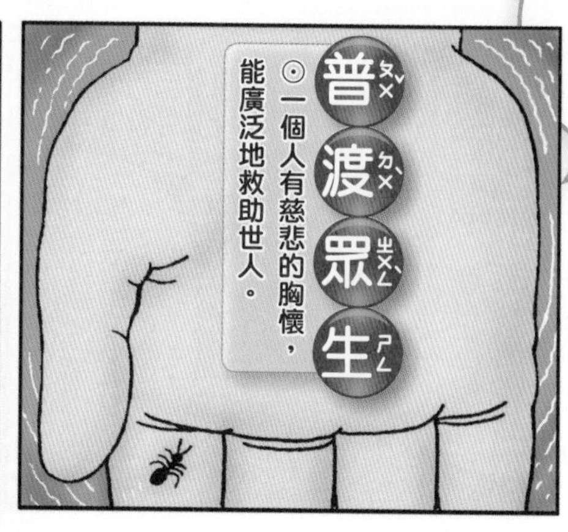
普渡眾生
⊙一個人有慈悲的胸懷，能廣泛地救助世人。

我佛慈悲為懷，普渡眾生。
放生

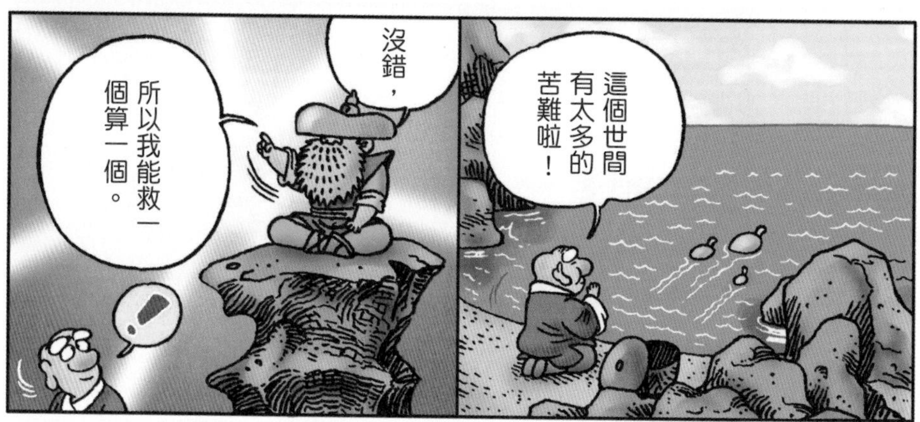
這個世間有太多的苦難啦！
沒錯，
所以我能救一個算一個。

大德無量，施主也是世外修士？
我是專載偷渡客的船長。
我來超渡你吧！

出處

語出《佛說無量壽經》：「普欲度脫一切眾生。」佛教用語。指以一種廣大無分別的慈悲心，解脫眾生的悲苦，使登彼岸，到達解脫境界。

病痛帶給人間太多苦難，我倆立志將來要懸壺濟世救助蒼生。

藥到病除

懸壺濟世

⊙指稱一個人掛牌行醫，以救濟大眾。

你這麼懶散怎麼能習得醫術呢？
二十年後，兩人又在某地不期而遇……
久違了。
啊！是你呀！

我現在是個正式的醫生了。
我也在懸壺濟世哪！
只不過我懸的壺和你不一樣。
來生酒攤

出處 語出《後漢書・方術傳・費長房》：「費長房者，汝南人也。曾為市掾，市中有老翁賣藥，懸一壺於肆頭，及市罷，輒跳入壺中，市人莫之見。」

東施效顰

ㄉㄨㄥ ㄕ ㄒㄧㄠˋ ㄆㄧㄣˊ

⊙醜人仿效美人的動作，反增其醜。比喻人不善模仿。

妳一天沒上班，要扣薪水。

可以原諒我一次嗎？
好……好吧！
妳也是一天沒上班……

可以原諒我一次嗎？
心臟病急診室
我只是學她而已，他就暈了！

出處 語出《莊子・天運篇》：「西施病心而矉，其里之醜人見而美之，歸亦捧心，而效其矉。」
蹙額曰「矉」，「矉」亦作「顰」，音ㄆㄧㄣˊ，皺眉頭。
後人謂不善倣效曰東施效顰。

YES
OH!
WOOO
我愛音樂！我愛！
噢！噢！音樂也愛我！

非ㄈㄟ驢ㄌㄩˊ非ㄈㄟ馬ㄇㄚˇ
⊙用來嘲笑人裝模作樣卻又學不像，很滑稽古怪。

非驢非馬！簡直就是噪音！
真正好的音樂是要能夠感動人的心靈。

多謝指教！請問您是何方的大師？
我是杜鵑窩出來的。
原來是精神有狀況！

語出《漢書・西域傳》：「驢非驢，馬非馬，若龜茲王所謂鸁（ㄌㄨㄛˊ）也。」外形像驢又不是驢，像馬又不是馬。用來形容人裝模作樣，卻又學得不像，看起來什麼都不是。

鸚(ㄧㄥ)鵡(ㄨˇ)學(ㄒㄩㄝˊ)舌(ㄕㄜˊ)

⊙比喻一個人只會模仿，沒有獨特的創意。

早安！
早安！

喵
喵

只會學人講話的笨鳥。
真是鸚鵡學舌。
咦？妳的設計圖好像很眼熟！

原來是抄襲國外的作品。
只會模仿的笨人，真是鸚鵡學舌。

出處

語出《景德傳燈錄．越州大珠慧海和尚》：「僧問：『何故不許誦經，喚作客語？』師曰：『如鸚鵡只學人言，不得人意：經傳佛意，不得佛意而但誦，是學語人，所以不許。』」

一意孤行

ㄧ ㄧˋ ㄍㄨ ㄒㄧㄥˊ

⊙做事固執己見，執意而行。

全軍向左前進。
不行！恐怕有危險！

STOP

全軍向左前進！
你一意孤行會造成全軍覆沒。
哇！有伏兵！

完了！士兵都陣亡啦！
現在該如何是好？
全軍向左前進！
愚昧！你還在一意孤行！

出處

一意，自己一個人的意思。孤行，自己單獨的行動。用以比喻但憑自己的意思行事，不接受別人的意見。語出《史記・酷吏列傳・張湯》：「公卿相造請禹，禹終不報謝，務在絕知友賓客之請，孤立行一意而已。」

小題大作

⊙小事情渲染成大事情。

你為什麼欺負我老妹？

別生氣！不要小題大作嘛！

他是不小心丟到她的嘛！

上次故意丟她，他也沒這麼火大嘛！

你真的是狗嘴裡吐不出象牙！

出處

科舉時代用四書文句命題稱小題，用五經文句命題稱大題。以五經文的章法來做四書文，稱為小題大作。借喻把小事渲染成大事來處理，有不應當之意。語見清・曹雪芹《紅樓夢》第七十三回：「沒有什麼，只不過他們小題大作罷了，何必問他？」

匹夫之勇
⊙形容做事不動腦筋，全憑血氣之勇蠻幹。

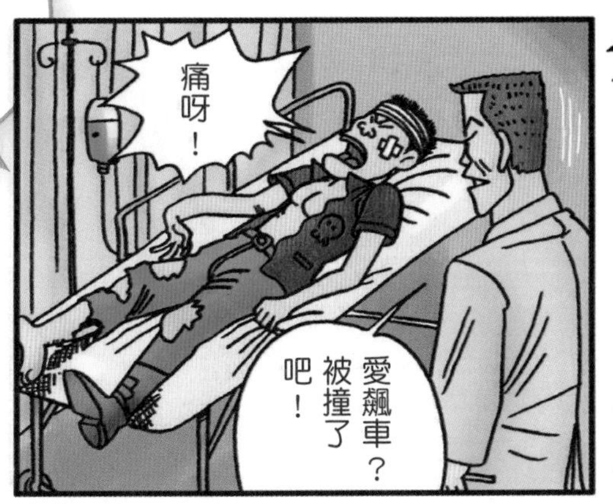

痛呀！
愛飆車？被撞了吧！

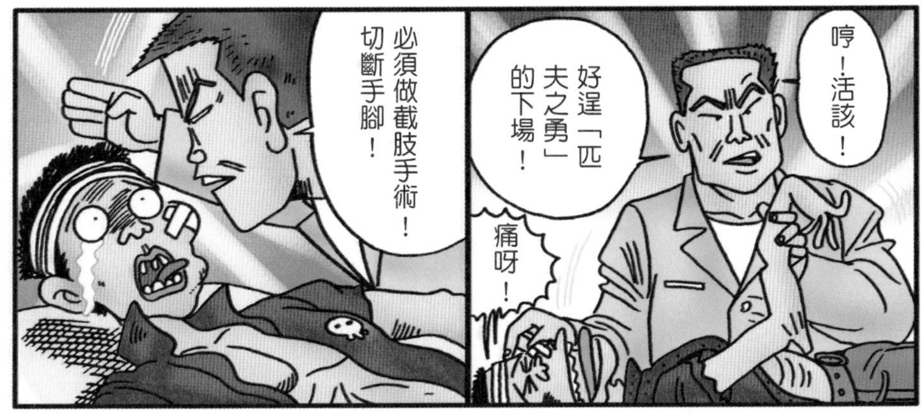

哼！活該！
好逞「匹夫之勇」的下場！
痛呀！
必須做截肢手術切斷手腳！

喂！你不要好逞「匹夫之勇」！
回到廚房去剁你的豬肉！

出處

匹夫，指個人。此語用以形容人做事衝動，全憑血氣之勇。
語出《國語‧越語上》：「今寡人將助天滅之。吾不欲匹夫之勇也，欲其旅進旅退。」

太歲頭上動土

ㄊㄞˋ ㄙㄨㄟˋ ㄊㄡˊ ㄕㄤˋ ㄉㄨㄥˋ ㄊㄨˇ

⊙觸犯有權勢的人，自取禍殃。

你敢打我兒子？
太歲頭上動土！

因為他對著土地公撒尿！
不用再解釋了！
給我狠狠的打！

不是打他！
?
!!
是打這個太歲頭上動土的小子！
啪
啪

出處 在太歲星行經的方位上破土動工。太歲：星名。古代認為在太歲星每年所在的方位上動土會招來惡運。用以比喻觸犯有權勢或強有力的人物。語出《水滸傳》第三十二回：「你這鳥頭陀要和我廝打，正是來太歲頭上動土。」

生（ㄕㄥ）吞（ㄊㄨㄣ）活（ㄏㄨㄛˊ）剝（ㄅㄛ）

⊙形容抄襲別人的作品，占為己有。

看！
我的抽象畫「黑夜裡的獨眼獸」。

作者
王八
作者
大王

我畫的
「泡在醬油裡的甜甜圈」。
啊！
你簡直是生吞活剝我的創意嘛！

哎呀！
你們怎麼畫的和我一樣！
「笨狗的黑眼圈」！
生吞活剝不是好習慣！

出處 語出唐・劉肅《大唐新語・諧謔》：「活剝王昌齡，生吞郭正一。」譏諷喜歡剽竊名士詩文。後用以比喻做學問，只一味襲用他人的經驗或成果，不求甚解。亦用於不加烹煮而食。

困ㄎㄨㄣˋ獸ㄕㄡˋ猶ㄧㄡˊ鬥ㄉㄡˋ

⊙比喻一個人陷身困境，還在極力奮鬥，以求脫困。

「困獸猶鬥」，是江湖人要學習的精神。

師父，我們被困了！
敵人在那裡？怎麼沒看到？

帳單這麼貴，咱們沒錢付啦！
350-
180-
250-
420-
380-
+170-
1750
「困獸猶鬥」！
沒錢要鬥什麼？

出處

困獸，受困迫之野獸。比喻一個人身陷困境，仍極力奮鬥，以求脫困。若寫作「困獸之鬥」則是指遭困時最後的抵抗，隱隱有脫困、解危之望並不大之意。

語出《左傳・宣公十二年》：「得臣猶在，憂未歇也。困獸猶鬥，況國相乎！」

壯ㄓㄨㄤˋ士ㄕˋ斷ㄉㄨㄢˋ腕ㄨㄢˋ

⊙為了顧全大體，只好割捨自己所愛的部分。

電動玩具城
打電玩害我課業荒廢。

我發誓再也不打電玩了！
壯士斷腕！勇氣可嘉！

我就知道我的兒子是勇於改過的。
我發覺打麻將可以增強數學能力！

出處

用以形容為了顧全大體，只好痛下決心割捨屬於自己所愛的小部分。
語出《三國志・魏志・陳群傳》：「古人有言：『腹蛇螫手，壯士解其腕。』」蝮，ㄈㄨˋ，毒蛇。螫，ㄓㄜ，毒蟲咬人。

呼(ㄏㄨ)天(ㄊㄧㄢ)搶(ㄑㄧㄤ)地(ㄉㄧˋ)

⊙形容哀痛的樣子，或哀慟至親去世。

北京烤鴨

嗚哇
嗚哇
為何呼天搶地的哀號？

本幫大哥被人殺了！

你們再選出一個當大哥吧！

為何又呼天搶地？
嗚哇！
做大哥賠錢又賠命！
那就立刻解散幫派！

出處

搶，音ㄑㄧㄤ，也作「搶地呼天」。形容極度悲傷，痛哭流涕的樣子。

語出《儒林外史》第十七回：「太公瞑目而逝，合家大哭起來。匡超人呼天搶地，一面安排裝殮。」

!
公牛隊在球場上所向披靡。

所ㄙㄨㄛˇ向ㄒㄧㄤˋ披ㄆㄧ靡ㄇㄧˇ
⊙形容威勢所到之處，對方無法抵擋。

高超的球技常令對手忘塵莫及。
BULL 23

我才是本隊所向披靡的人物。
BULL 1

又肥又矮！你會打球嗎？
老闆來啦！擋路扣薪水！

出處

語出《史記・項羽本紀》：「於是項王大呼馳下，漢軍皆披靡，遂斬漢一將。」風吹到的地方，草木立即伏倒。比喻力量所到之處，敵人紛紛潰敗逃散。

爭ㄓㄥ先ㄒㄧㄢ恐ㄎㄨㄥˇ後ㄏㄡˋ

⊙形容在搶佔機會時，大家都爭往向前，恐落他人之後。

冰淇淋
守秩序！不要爭先恐後！

咻！
真累！
有什麼好搶的嘛！
好像怕買不到似的！
！

哇！老師也在爭先恐後！
孔家祖傳防皺膏
我先！我先！

「爭先」語出《左傳・襄公二十七年》：「晉、楚爭先。」「恐後」：《漢書・諸侯王表》：「漢諸侯王厥角稽首，奉上璽韍，惟恐在後，或乃稱美頌德，以求容媚，豈不哀哉！」

飛蛾撲火

⊙比喻力量薄弱，卻偏投向危險的境地，而自取滅亡。

三筒星竟敢派戰艦進犯！

哇！簡直是飛蛾撲火，自取滅亡！

出動火神號戰艦昇空攔截！

大王，我覺得有種「飛蛾撲火」的感覺！
他們的「飛蛾戰艦」有夠巨大！

出處

用以比喻一個人力量微薄，卻投向危險之境，自取滅亡。語出《梁書・到溉傳》：「如飛蛾之赴火，豈焚身之可吝。」

桀ㄐㄧㄝˊ驁ㄠˋ不ㄅㄨˋ馴ㄒㄩㄣˊ

⊙形容人脾氣暴躁又驕傲，不肯聽別人的話。

這名犯人桀驁不馴，不肯錄口供。

這位大哥拜託您和警方合作！
哼！
你想怎麼樣！
我偏不寫！
你敢刑求？
你以為頭大就了不起！

就是因為你這種人我才會頭大！
我寫！我寫！我立刻寫。
您別桀驁不馴嘛！

出處

桀，音ㄐㄧㄝˊ，暴躁。驁，音ㄠˋ，驕傲。馴，音ㄒㄩㄣˊ，溫順。形容人脾氣暴躁，個性驕傲，不肯順服別人。語出《漢書‧匈奴傳贊》：「匈奴人民每來降漢，單于亦輒拘留漢使，以相報復，其桀驁尚如斯，安肯以愛子為質乎？」單于，音ㄔㄢˊ ㄩˊ，古代匈奴的首領。質，音ㄓˋ，人質。

躍躍欲試

ㄩㄝˋ ㄩㄝˋ ㄩˋ ㄕˋ

⊙形容心動而急於想去嘗試。

恐龍王面具大賽
開始比賽啦！
你一副躍躍欲試的樣子。

為了這個比賽，我準備很久了。
笨頭笨腦的能有什麼好作品？

我做的三角龍一定是最霹靂的。
三頭龍來囉！
喔！

出處

語出宋・穆修〈送李秀才歸泉南序〉：「於時，予與李君俱少年，有壯心，操紙筆入都省，應主司之試，躍躍有矜負之色。」

逐臭之夫

⊙用以指稱嗜好偏僻古怪的人。

大將軍有收集彈頭的怪癖。

他的兒子喜歡收集石頭。

他的女兒喜歡收集枕頭。

甚至連他們家的狗，也是個逐臭之夫。

他喜歡收集各類骨頭。

出處 語出《呂氏春秋・孝行覽・遇合》：「人有大臭者，其親戚、兄弟、妻妾、知識無能與居者，自苦而居海上。海上人有說其臭者，晝夜隨之而弗能去。」

成語字謎 4

烏龍教室

難度 ☆☆☆☆

噹噹噹～連闖三關，堂堂邁入第四關。恭喜老爺、賀喜夫人！你的成語實力愈來愈棒，只要繼續「一步一腳印」的學習，成為「成語天王」是指日可待啦！

下方有提示喔！
藏
宝
圖

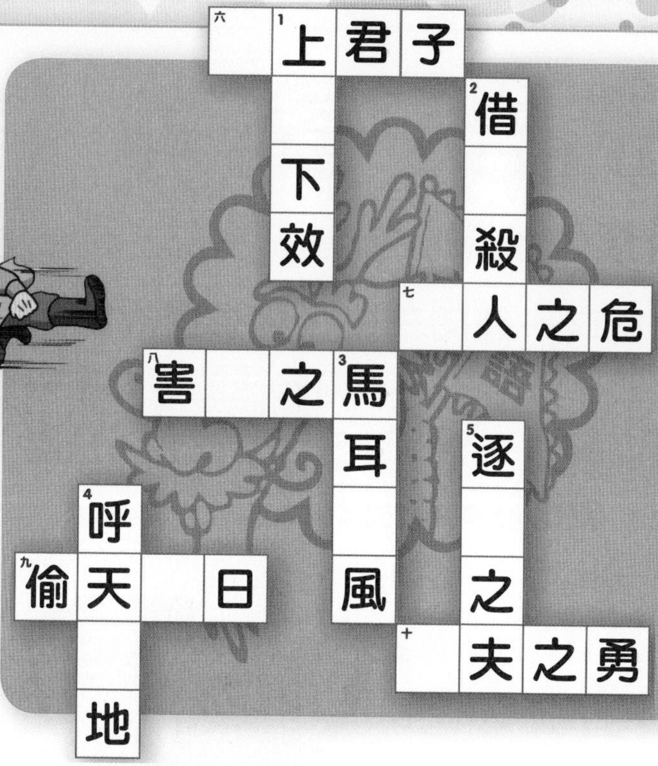

六 上君子

借

下

效 殺

七 人之危

八 害 之馬

耳 逐

呼

九 偷天 日 風 之

十 夫之勇

地

提示：

1.在上位的人怎麼做，下面的人便會跟著效法。
2.用別人的刀子來殺人，比喻假他人之手去害人。
3.形容將他人的話當成耳邊風，充耳不聞。
4.比喻極度悲傷的狀態。
5.形容有怪癖的人。

六.小偷的代稱。
七.在他人危難之時，加以要脅或是陷害。
八.比喻危害大家的人。
九.形容欺騙規模很大。
十.指逞血氣之勇，用來形容有勇無謀。

答案：1.上行下效、2.借刀殺人、3.馬耳東風、4.呼天搶地、5.逐臭之夫、6.梁上君子、7.乘人之危、8.害群之馬、
9.偷天換日、10.匹夫之勇
（這些答案都在P149～190！忘記的話快點翻到前面複習一下吧！）

總結模擬考

本書收錄「際遇篇」、「德性篇」和「舉止篇」三種分類的成語，請讀者朋友一起來做做簡單的模擬小測驗，看看自己是不是已經融會貫通，確實理解每個成語的意義了！

衝鋒！

同義成語連連看

請把下列成語的解釋
寫在成語下方，
並把意思相近的成語
用「——」相連。

迫在眉睫	急如星火
丟人現眼	節外生枝
視死如歸	破釜沉舟
禍不單行	梁上君子
順手牽羊	出乖露醜

同義成語連連看

看到答案有沒有恍然大悟啊？你不妨依照成語下方的頁碼標示，重新複習一下吧！複習後，不妨重新再做一次測驗，可以加深記憶喔！

解答

迫在眉睫 （見P.26）	急如星火 （見P.24）
丟人現眼 （見P.79）	節外生枝 （見P.33）
視死如歸 （見P.135）	破釜沉舟 （見P.139）
禍不單行 （見P.41）	梁上君子 （見P.161）
順手牽羊 （見P.164）	出乖露醜 （見P.77）

迫在眉睫—急如星火；丟人現眼—出乖露醜；視死如歸—破釜沉舟；禍不單行—節外生枝；順手牽羊—梁上君子

反義成語連連看

請把下列成語的解釋寫在成語下方，並把意思相反的成語用「⟷」相連。

爭先恐後	虛懷若谷
高風亮節	東施效顰
毛手毛腳	十惡不赦
特立獨行	一本正經
桀驁不馴	老僧入定

反義成語連連看

解答

看到答案有沒有恍然大悟啊？你不妨依照成語下方的頁碼標示，重新複習一下吧！複習後，不妨重新再做一次測驗，可以加深記憶喔！

爭先恐後
（見P.186）

高風亮節
（見P.67）

毛手毛腳
（見P.146）

特立獨行
（見P.90）

桀驁不馴
（見P.188）

虛懷若谷
（見P.62）

東施效顰
（見P.174）

十惡不赦
（見P.142）

一本正經
（見P.64）

老僧入定
（見P.56）

烏龍院 精彩大長篇
23
最終回
後篇
橫跨千年的活寶謎團
正邪兩方的終極對峙!
劇情緊湊，高潮迭起，
是此生不可錯過的超級漫畫

烏龍院精彩大長篇
活寶

最會說故事的漫畫大師

敖幼祥

費時七年，全套23冊

嘔心瀝血之隆重鉅獻

最會說故事的漫畫大師
敖幼祥 傾力代表作
大朋友、小朋友最好的朋友——
《烏龍院前傳》全14集
全面暢銷熱賣中！
想知道在「活寶」的冒險之前，
烏龍院師徒四人如何交會？
全系列共十四冊 集集精彩！不容錯過！
集集樂活動 正熱烈展開！只要收集
《烏龍院前傳》各集截角貼紙，附上回郵信封，
就能獲得限量精美好禮，數量有限，手腳要快喔！
首波贈品：超酷炫「烏龍院閃卡尺」～
第二波贈品：獨家超Q「烏龍院鉛筆」
第三波贈品：獨家限量「烏龍院磁鐵」
哇！好閃！
烏龍院
詳細活動辦法 請見《烏龍院前傳 陸》書中說明

時報出版
敖幼祥
烏龍院
前傳
貳
時報出版
敖幼祥
烏龍院
前傳
參
敖幼祥
烏龍院
前傳
敖幼祥
烏龍院
時報出版
敖幼祥
烏龍院
時報出版
敖幼祥
烏龍院
時報出版
敖幼祥
烏龍院
敖幼祥
烏龍院
敖幼祥
烏龍院
敖幼祥
烏龍院
時報出版
敖幼祥
烏龍院
時報出版
敖幼祥
烏龍院
時報出版
敖幼祥
烏龍院

時報漫畫叢書 FT0863

漫畫中國成語 6

作　　者—敖幼祥
主　　編—陳信宏
責任編輯—尹蘊雯
責任企畫—曾睦涵
整理校對—黃蘭婷
成語審訂—陳美儒
字謎設計—佛洛阿德
美術設計—溫國群

總 編 輯—李采洪
董 事 長—趙政岷
出 版 者—時報文化出版企業股份有限公司
一〇八〇一九 臺北市和平西路三段二四〇號三樓
發行專線—（〇二）二三〇六六八四二
讀者服務專線—〇八〇〇二三一七〇五
（〇二）二三〇四七一〇三
讀者服務傳真—（〇二）二三〇四六八五八
郵　　撥—一九三四四七二四 時報文化出版公司
信　　箱—一〇八九九臺北華江橋郵局第九九信箱

時報悅讀網—http://www.readingtimes.com.tw
電子郵件信箱—newlife@readingtimes.com.tw
時報出版愛讀者—http://www.facebook.com/readingtimes.2
法律顧問—理律法律事務所 陳長文律師、李念祖律師
印　　刷—華展印刷有限公司
初版一刷—二〇一二年十一月十六日
初版七刷—二〇二三年一月十八日
定　　價—新台幣二八〇元

漫畫中國成語 / 敖幼祥著.
--初版. --臺北市：時報文化，2010.10
冊；　公分. -- (時報漫畫叢書)
ISBN 978-957-13-5274-9(第1冊：平裝).
ISBN 978-957-13-5313-5(第2冊：平裝).
ISBN 978-957-13-5378-4(第3冊：平裝).
ISBN 978-957-13-5565-8(第4冊：平裝)
ISBN 978-957-13-5598-6 (第5冊：平裝)
ISBN 978-957-13-5680-8(第6冊：平裝)

1.漢語 2.成語 3.漫畫
802.183　　　99016519

（缺頁或破損的書，請寄回更換）

時報文化出版公司成立於一九七五年，
並於一九九九年股票上櫃公開發行，於二〇〇八年脫離中時集團非屬旺中，
以「尊重智慧與創意的文化事業」為信念。

ISBN 978-957-13-5680-8

Printed in Taiwan

WANTED
徵書稿！

想要分享生活經驗、保健心得嗎？
或是擁有突破性的研究與見解，希望讓更多人知道？
不管是居家生活、教育教養、健康養生、旅行體驗，
乃至人文科普、語言學習、國學史哲或各類型小說，
歡迎各界奇才雅士踴躍投稿！

請參考時報文化第二編輯部已出版之各類型書籍——

生活類

生活飲食

《吃當季盛產，最好！》李內村著

健康養生

《算病：算出體質，量身訂做養身方案》樓中亮著

旅行體驗

《小小站・停一下——最悠哉的37個鐵道私景點》段慧琳著

兩性愛情

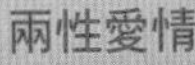

《誰想一個人？單身戀習題》大A著

知識類

教育教養

《老師，你會不會回來》王政忠著

自然知識

《苦苓與瓦幸的魔法森林》苦苓著

人文科普

《大災變：你必須面對的全球失序真相》林中斌著

語言學習

《每日二字——這樣用就對了！》系列 淡江大學中文系著

國學史哲

《國文課沒教的事》劉炯朗著

紙本投稿請寄：10803臺北市和平西路三段240號3F 第二編輯部收
e-mail投稿：newlife@readingtimes.com.tw或newstudy@readingtimes.com.tw

備註：
1.以上投稿方式可擇一投稿。
2.若郵寄紙本書稿，請投稿人自行留存底稿，編輯部若不採用，恕不退回。
3.投稿者請寫明聯絡方式，以便編輯部與投稿人聯繫。

時報出版

成
語

成
語